廣播社2

紀實篇 ドキュメント

湊佳苗

目錄

序章

三年級的五名學姊退社後，廣播室內頓時變得很安靜，簡直就像一下子少了一倍的人數。九月時，學校連續兩天舉行運動會和文化祭，沒想到廣播社有很多大顯身手的機會，所以根本沒有時間陷入感傷。不，其實我和那幾個學姊的感情也沒有那麼深厚，總之，當我回過神時，已經十月了。

因為難得第一個來到廣播室，所以我看著掛在牆上的月曆，心不在焉地想著這些事。每週一、三、五，二年級要比一年級多一堂課，要上七節課，但正也和久米在幹什麼？我和正也不同班，他可能被留在教室補習，但我和久米同班，我記得她比我更早離開了教室。

這時，有人用力打開了門。

「早安。」

正也一如往常，帶著高漲的情緒走了進來，久米也跟著他走了進來。

「我們剛好在老師辦公室前遇到。」

正也害羞地抓著鼻頭。即使他們一起走進來，我也不會胡思亂想，更不會生氣，以為他們排擠我。即使他們手上拿了相同的宣傳單也一樣。

正也拉開我旁邊的椅子坐了下來。二年級的學長姊還沒來，明明可以坐得更寬鬆些。雖然我這麼想，但其實我們每次都坐在相同的座位。久米在不遠處坐了下來，最近她已經能夠抬頭看向前方了，但現在又低下了頭。

怎麼了？他們有什麼重要的事要說嗎？要宣布他們正在交往？如果是這樣，我會為他們感到高興啊。

「雖然這麼問有點沒頭沒腦，圭祐，你在運動會上參加了跑步吧？」

他問了意想不到的問題。

「我參加的是借物賽跑。」

我在進高中前遭遇車禍，受傷後不要說跑步，連走路都有點困難。暑假時接受了第二次手術，已經恢復到可以用和快走不相上下的速度跑短距離。

「那馬拉松呢？當然不是四十二・一九五公里，而是二十公里，不，好像叫半馬？」

正也低頭看著手上。

「你是說勤勞感謝日舉行的三崎友好馬拉松？」

「原來你知道。你也去拿報名表了嗎？」

正也鬆了一口氣，把宣傳單攤在桌子上。久米也抬起了頭。原來在別人眼中，我雖然恢復了些，但仍然是需要別人產生顧慮的狀況。我努力克制內心的失望。

「沒有，宣傳單的設計每年都一樣。我在中一和中二時，因為社團活動，所以參加過這項比賽。沒想到你要去跑馬拉松，真是太意外了。」

畢竟我只對正也在運動會中的表現有印象。

「我討厭跑步。雖然我希望永遠不要長大，但只有在跑長距離的時候，希望自己趕快變成大人。但是，你看一下這裡。」

正也指著宣傳單下方，那裡印著贈送給參加者的一部分獎品照片。

「筆電、平板電腦、手持攝影機……你不覺得每一項都是廣播社需要的器材嗎？」

並不是所有參加者都可以獲得這些獎品。

「每年有三百人參加，應該輪不到你吧？我之前狀況好的時候，也只拿到兩公斤白米的獎品。」

「但機率並不是零。久米，妳說對不對？」

久米突然被正也問這個問題，轉頭看著我們說：

「對。宮本剛才在老師辦公室前看著馬拉松比賽的海報，問我前幾名才能拿到這些獎品，我就簡單向他說明了一下，他馬上就拉著我一起去拿了報名表。町田，你應該早就知道了吧？」

「是啊。」

我終於了解他們為什麼拿著相同的宣傳單一起走進廣播室的原因。

三崎友好馬拉松比賽是這個鄉下地方頗受歡迎的活動。雖然半馬對一般民眾來說是相當吃力的距離，而且還必須付三千圓的報名費，但馬拉松比賽的三百個名額每次都很快就額滿了。

受歡迎的祕密正是正也產生興趣的原因，也就是獎品很豪華豐富，而且跑完全程的所有人都有機會得到這些豪華獎品。一般的比賽都只有前幾名能夠領取豪華獎品，但我們這個城市的馬拉松比賽規則不一樣。

只要跑完全程，就可以按照名次順序抽獎領取獎品。

獎品的數量和參加人數相同，總共有三百個獎品。除了正也剛才說很想要的那些獎品以外，還有電視、吸塵器之類的家電產品，以及肉、米和水果等豐富的食品。最吸引人的特等獎獎品每年都要等到比賽當天才公布，也是令人興奮期待的要素之一。有時候是最新型的遊戲機，也可能是度假飯店的住宿券，或是A5等級的和牛，難以預測會是哪一類的獎品也是參加這項馬拉松比賽的樂趣所在。

如果所有參加者的獎品都這麼豪華，主辦單位就會嚴重虧損，所以大部分都是三百圓到五百圓之間的獎品，但抽獎過程令人興奮緊張，而且人人有獎也讓人感到高興。

最先抵達終點的人得意洋洋地抽獎，卻可能只抽到形同安慰獎的洗碗精（當然還會有獎狀）；敬陪末座的人卻有可能抽中洗衣機，所以抽籤會場會持續響起驚叫聲和歡呼聲。

而且到處可以聽到前來為選手聲援加油的人說，明年自己也要報名參加。

「如果廣播社所有人都參加，不是可以增加得到想要的獎品的機率嗎？」

原來他在打這個主意。我恍然大悟。但是……

「對不起，我根本沒辦法跑二十多公里，即使全程走路，恐怕也很吃力。」

「是嗎？你不必勉強，而且你看起來手氣也不怎麼好。」

正也開朗地笑了起來。雖然這句話根本沒有安慰到我，但並不需要在意這種事。

「正也，如果你打算參加，就必須開始練習。如果半途而廢，就沒有抽獎資格，而且規定必須在四個小時內跑完全程。」

「真的假的？」

宣傳單上應該寫了這項規定，但正也的眼中似乎只有獎品。

「如果沒有時間限制，我也會去參加。我覺得自己的抽籤運可能比你更好，因為我目前的座位是靠窗最後一排，根本是特等座位。」

「我還因為老師改考卷失誤，逃過了英文補習這一劫。」

我們根本不知道在比什麼。

這時，門打開了，白井學姊，不，現在是白井社長了，她帶著二年級的學姊走進了廣播室。

「你們又在這裡摸魚，什麼都沒做吧？」

我已經習慣了白井社長說話咄咄逼人，如果她輕聲細語，反而會擔心她是不是身體不舒服。我立刻坐直了身體，為剛才一直在說垃圾話反省。

「我們才沒有摸魚。」

正也站起來，走到白井社長身旁。

「我們正在討論如何在廣播社預算很少的情況下張羅到新的器材。學姊，妳們看這個，妳們也一起參加吧。」

正也把宣傳單交給社長。

「馬拉松比賽？我不可能啦。」

社長嘆著氣說，正也好像在和白井社長對抗似地，故意大聲嘆氣說：

「白井社長，妳之前不是說，想要新的筆電、攝影機和平板電腦嗎？」

「那是因為宮本一個人霸占了筆電，而且我們根本不可能跑出有辦法得到這些獎品的好成績，根本是浪費時間和體力。」

社長發著牢騷，正也向她說明了馬拉松比賽的獎品規則。「嗯嗯。」社長似乎動了心，但仍然沒有點頭同意。其他學姊也都探頭看著宣傳單。

「以機率來說，並不算太低啊。」

沒想到看起來最不愛運動的高材生學長也興致高昂。

「話說回來，白井的手氣應該很差，所以去參加也沒用。我可以想像她只抽到一盒面紙的樣子。」

我差一點笑出來，慌忙低下頭掩飾。雖然最差的獎品應該也比一盒面紙好，但我可以想像白井社長接過面紙，逞強地說自己就想要面紙的樣子。

「啊？妳可不要把我和蒼混為一談，我的手氣……」

白井學姊氣勢洶洶地反駁，但話說到一半，聲音就越來越輕，顯然至今為止，她參加抽獎從來沒有抽到過什麼好獎品。高材生學長名叫蒼。我和正也也不例外，看來廣播社的人都是一些好友眼中手氣很差的人。

「對了，不知道田徑社的人會不會參加。」

白井社長恢復了嚴肅的表情問道，我忍不住緊張了一下。沒想到我現在聽到田徑社這幾個字，還會有這樣的反應。

「應該吧。」

青海學院的主播翠理學姊回答。

「如果田徑社的人抽到了我們想要的獎品，我們可以和他們談判。只不過假設我們自己不跑，就要求他們把獎品送我們，一定會馬上遭到拒絕，但他們看到我們跑了二十多公里，累得像狗一樣去拜託他們，搞不好願意考慮一下。」

蒼學長似乎已經對自己的手氣不抱希望，開始思考其他手段。

「有道理……」

白井社長嘀咕著，然後拍了一下手說：

「好，那廣播社就去參加，但也同時要做好廣播社該做的工作。」

「廣播社該做的工作是什麼？」

正也問。

「我們要拍攝馬拉松比賽。既然是本地很受歡迎的活動，或許可以運用在作品創作上。黑田，可以由你負責攝影嗎？」

「ＯＫ。」

橄欖球學長爽快地回答。他姓黑田，是四名二年級成員中體力最好的人。

「呃，我不能參加，所以也可以攝影。」

我舉手主動爭取。以前都由三年級的樹里學姊負責攝影工作，她向我傳授了基本技巧。雖然大家稱讚我的聲音不演戲很可惜，但比起演員，我對攝影更有興趣。

「那町田也負責攝影。對了，田徑社不是有一個一年級學弟很厲害嗎？驛站接力賽的候補選手，姓山什麼的。如果他也參加這場馬拉松比賽，就以他為重點。」

「我要拍良太嗎？」

「你認識他嗎？那就剛好，我正在構思一個方案。」

白井社長斬釘截鐵地說道，似乎表示閒話到此結束，然後準備討論把今年四月開始拍攝的內容剪接成一支ＤＶＤ的作業。她似乎打算在第三個學期推出這張ＤＶＤ。

因為三年級的學長姊是購買ＤＶＤ的主要客戶，所以社長要求在剪接時也要意識到這件事，還說ＤＶＤ的收入也是社團經費的來源之一。

「只要在這些事上腳踏實地努力，大家都可以去東京。」

剛才聽到良太的名字，心情忍不住有點煩悶，東京這兩個字猛然把我打醒。

雖然因為不是比賽季節，我完全鬆懈了，但白井社長隨時都意識到Ｊ賽的事。

Ｊ賽就是ＪＢＫ盃全國高中廣播電視競賽，簡稱「Ｊ賽」。

晴朗的天空下，三崎友好馬拉松大賽在三崎市民公園鳴槍開跑。由於和普通的市民馬拉松賽不同，並非在馬路上奔跑，而是在公園外圍的五公里跑道上繞行，所以參加者和聲援者都擠在公園內。

全體參加者在公園的中央廣場剛做完準備運動的廣播操，參加者紛紛走向設在廣場內跑道上的起點。持續進行自主訓練的白井社長揚言「既然要參加，就努力爭取更好的名次」，早早率領廣播社成員把行李放在廣場周圍的草皮區長椅上之後，準備上場比賽了。

拿著無反單眼相機的黑田學長說，比起田徑社，拍他們更有趣，於是就跟著廣播社的成員離開了。即使只有我和黑田學長兩個人，我也不敢問他為什麼不參加馬拉松。

我看到穿著青海學院田徑社制服的良太坐在不遠處的長椅上，他也發現了我，立刻跑了過來。白井社長應該已經通知田徑社，我們將會拍攝他們，但可能並沒有說我要拍攝良太這件事，所以我認為向他打聲招呼比較好。

我對著良太舉起了拿著手持攝影機的手。

「你今天負責拍攝嗎？」

良太問我。在我遭遇車禍後，良太一直很在意我，雖然現在已經澄清了很多誤會，但問這句話還是需要很大的勇氣，所以我露出毫不在意的表情回答說：

「我要拍你。」

「是喔。」良太的表情有點僵硬，以為我在搞笑，不知道該怎麼接話。他似乎以為我在和他開玩笑。

「是真的，是真的啦。社長命令我拍攝田徑社受到矚目的新秀，你不是驛站接力賽的候補隊員嗎？」

「你連這件事都知道了？但還是候補，而且三年級的學長很厲害……雖然我很想趕快復仇。」

良太一如往常地用淡淡的語氣說完後，微微聳了聳肩。良太在中學時膝蓋受了傷，無法參加那場向來認為是最重要的比賽，但也因為沒有參加那場比賽，所以才有現在的良好表現。

「嗯，我會加油。」

良太笑著說，我也對他說：

「嗯，加油，我會幫你加油的。」

良太又對我露齒一笑，轉身跑向起點。

雖然我要拍良太，但並不是在他身旁邊跑邊拍攝。我穿越廣場，在兩公里處等待。我在那裡看到了一個熟悉的背影。

「村岡老師！」

「喔喔，這不是圭祐嗎？」

三崎中學田徑社的顧問村岡老師一臉懷念的表情，迎接我這個暑假結束後，三個月沒有見面的畢業生。

「你今天負責攝影嗎？」

村岡老師看著我手上的攝影機問。

「對，雖然我也很想參加，但半馬的話，即使花四個小時也很難跑完。」

「這是明智的決定，因為參加這場比賽的有超過一半是田徑選手。」

「是嗎？」

以前自己可以輕鬆跑步的時候，從來不曾在意到底有哪些人參加。雖然很納悶既然前幾名都是高中生或是半職業選手，為什麼還有這麼多人來參加這種鄉下地方的比賽，但也許因為對獎品沒有影響，所以並沒有更深入的感想。

「因為這裡的跑道很完善，所以很容易破紀錄。再加上田徑協會是協辦單位，所以比賽成績也列入正式的紀錄。有些比賽必須突破標準紀錄才能夠參加，這兩、三年有很多人都為了留下理想的成績來參加這場比賽。這些人跑起來的速度會很快，如果你參加比賽，可能會努力追他們的速度，所以看到你負責拍攝就安心了。」

「嗯，是啊，我……對。」

我不置可否地笑了笑，但內心產生了比自己上場比賽更強烈的不安。原來這場馬拉松比賽熱門的原因並不是因為豪華獎品。

雖然聽說廣播社的人都為了迎接今天的馬拉松比賽進行了自主訓練，但真的沒問題嗎？

廣場角落有一個供餐區，提供豬肉味噌湯、蕃茄炊飯和牡丹餅等食物，一般民眾每份三百圓，但跑完馬拉松全程者只要出示名次卡，就可以免費吃這些餐點補充熱量。

但是廣播社的成員都躺在或是坐在我眼前的草皮上，沒有人去領餐點食用，只有久米正在吃牡丹餅。

「看到別人在吃，我也覺得肚子餓了。」

白井社長說完，猛然站了起來。

「要不要我幫你們拿牡丹餅回來？」

她回頭看著其他成員問。

「不，我想喝豬肉味噌湯。」

蒼學長雙手撐在膝蓋上站了起來。「我想吃炊飯。」翠理學姊用完全聽不出疲憊的美聲接著說道，然後他們分別走向不同的攤位。

「正也，你不去拿東西吃嗎？」

我問獨自趴在草皮上的正也，正也翻過身，轉頭看著我說：

「我會吐，如果現在吃東西，我會全都吐出來。」

他說完這句話，又翻身趴在草皮上。廣播社的成員活力的順序，剛好也是他們在馬拉松比賽中的名次。

久米一馬當先，跑出了五十四名的好成績，是女子組的第六名，據說可以領到獎狀。我終於想起久米在中學時曾經參加田徑社這件事，而且她不僅參加了田徑社，表現應該也很活躍，只是我以前沒有注意過她而已。她正在吃的牡丹餅只是甜點，在廣播社的其他成員抵達終點之前，她已經喝了豬肉味噌湯，也吃完了炊飯。

其次竟然是白井社長。正如她在比賽前宣誓，一定要擠進前一百五十名進入終點，最後發揮了驚人的毅力，排名一百四十九名。蒼學長是兩百名，他興奮地說，這可不是想要得就能得到的名次。然後是翠理學姊的兩百四十六名，雖然她累得精疲力竭，但仍然拿出手機，不知道專心地寫著什麼。白井社長告訴我說，她正在為寫播報新聞的稿子做筆記。翠理學姊也隨時都想著J賽的事。

接下來是正也。他的名次是兩百八十七名，但他兩個半小時就衝進了終點，我認為他很厲害。村岡老師說的沒錯，這場比賽的水準很高。

良太在這場大賽中獲得第三名。雖然青海學院田徑隊的長距離主力成員因為下週要參加縣賽，所以幾乎都沒有參加比賽，但良太的表現還是很優異，他強而有力的奔跑也令我刮目相看。

這是良太在青海學院累積的成果。良太衝進終點的瞬間，我尋找了村岡老師的身影，雖然沒有看到老師，但我相信他一定也看到了。

「抽籤會要開始囉。」

黑田學長走過來說。「咦？二年級的人呢？」他手上拿著相機東張西望。我早就把攝影機收好了，但其實馬拉松比賽還沒有結束，而且社長也並沒有說我只要拍良太就好。

我告訴黑田學長，二年級的學長姊都去供餐區了，他說我們一年級可以先去抽籤會場。雖然廣播社的人都很關心抽獎的情況，但我更想知道良太會抽到什麼。

正也想要多躺一會兒，說要等二年級的學長姊回來，久米說，那她也等一下再去。於是我獨自拿著攝影機，走向比賽期間，在廣場中央搭起的抽籤會場帳篷。

這時，突然聽到了噹噹的巨大鐘聲。穿著企業隊制服的第一名選手竟然馬上就抽到了頭等獎的筆電。雖然抽籤是公平競爭，但可能抽獎箱上面都放一些好籤，讓名列前茅的選手可以抽到出色的獎品。

男女組的前八名都可以領獎，所以第一名選手走向抽籤會場旁的領獎區。

身穿大學運動隊制服的第二名男選手也抽到了四等獎的知名家電品牌吹風機。真羨慕，圍觀的人紛紛說道。接著輪到良太抽籤。雖然也響起了噹噹的鐘聲，但交到他手上的竟然是沙拉油。會場響起一陣笑聲。

良太也苦笑著，把沙拉油當成獎盃高高舉起，看向舉著攝影機的我。從他燦爛的表情中，可以發現他對今天的成績很滿意。等一下要去問一下他的成績。

抽籤繼續進行，從十五名開始到二十幾名，有好幾個都是三崎中學田徑社的學弟。三崎中學的頭號選手抽中了平板電腦，其他人都露出羨慕的表情圍著他。

正也夢寐以求，不，是廣播社渴望的三項獎品中，已經有兩項被人抽走了。

完賽者填飽肚子後紛紛聚集過來，把帳篷周圍擠得水洩不通。黑田學長走過來問我：

「要不要換我？」

我的攝影機電池快用完了，於是我就交棒給黑田學長，拍著供餐區等沿途看到的風景，回到了草皮區域的長椅上。不知道他們能不能抽中手持攝影機。

我為昨晚上夜班的媽媽買了牡丹餅，吃完為自己買的炊飯後，看到廣播社的人走了過來。

走在最前面的白井社長單手拎著一袋五盒裝的面紙。雖然數量不同，但我忍不住佩服蒼學長的預言能力。沒想到社長的表情很開朗，而且帶著一絲興奮。

社長一回到長椅，就立刻對我說：「真是太厲害了。」誰的獎品很厲害？我依次看向每個人的手，翠理學姊手上拿了一盒高級巧克力。好厲害。正也一臉羨慕的表情。正也的獎品是知名運動品牌的跳繩。這應該也算是好獎品吧？

「我已經完全不想再訓練了。」

正也似乎很不滿。

「那我拿巧克力和你換。這次訓練之後，不知道是否練出了腹肌，還是增加了肺活量，我覺得聲音比以前更響亮了，所以我想持續訓練，你不覺得剛好嗎？」

在翠理學姊的提議下，和正也交換跳繩的交易成立了。蒼學長拿了一盒餅乾，上面畫著蕃茄。

「原來他們設計了這麼可愛的包裝。」

白井社長看了之後說道。蕃茄餅乾是青海學院烹飪社為了參加市政府主辦的料理競賽所開發，之後由本地食品公司推出的商品。二年級學姊曾經將烹飪社參加競賽的奮鬥過程，作為參加紀實電視項目的題材。

「當初他們持續摸索，做了好幾次試吃品，最後終於做出了不影響營養價值的美味餅乾，但可能當時沒有充分傳達這個過程……」

她似乎回想起之前參加縣賽時的懊惱。

「但現在已經正式成為商品上市，對烹飪社的人來說根本是很大的成功，我們沒必要為他們惋惜吧。」

聽了蒼學長的話，我覺得內心有點不平靜，但我也不知道自己為什麼不平靜。

「至少比面紙好多了。」

蒼學長補充了這句多餘的話，白井社長舉起了一隻手時，我才發現一件事。

「對了，久米呢？」

白井學姊放下手，眉開眼笑地說：

「她超厲害，中了特等獎，因為要接受採訪，所以就把黑田留在那裡，其他人先回來了。」

「她抽中了什麼？」

「我跟你說喔……啊，她回來了！」

順著白井社長的視線望去，看到黑田學長和久米走了過來。學長雙手抱著一個大盒子，久米拿著筒狀的東西，應該是獎狀。

「久米，恭喜妳。」

我拍著手迎接久米，其他人也跟著為她鼓掌，但是我覺得除了我以外，其他人似乎並不是為她獲得女子第六名感到高興，而是在稱讚她抽中了特等獎。

她抽中了這麼了不起的獎品嗎？

久米走到我面前說：

「町田，我抽中了空拍機。」

空拍機。我重複了三次之後，忍不住「啊！」地大叫一聲，看了看露出不像是抽中大獎的表情，反而有點不知所措的久米，又看向黑田學長雙手抱著的紙箱。

青海學院高中廣播社終於有了強大的武器，可以在明年夏天的J賽大顯身手……是這樣嗎？

第一章　空拍機

我撥動搖桿，讓螢光粉紅色塑膠飛盤隨時出現在裝在遙控器上的手機螢幕中央。

「再往右一邊，啊，偏掉了……」

寒風吹起了操場上的沙子，廣播社的成員——具體地說，就是黑田學長和我們三個一年級的學生，今天也精神抖擻地在操場上發出歡快的聲音。

如果要針對什麼是整天窩在室內的社團活動做問卷調查，廣播社絕對可以進入前三名（前提是大家認為這也是一種社團活動），但是自從我們有了新器材空拍機後，每天班會一結束，我們就立刻衝到操場上。

說句心裡話，我完全沒有料到竟然會這麼熱衷。

這並不是我之前就夢寐以求的東西。雖然知道有這種東西，但一直認為和我的生活無關。就連久米抽獎抽到之後，我還擔心那東西真的有辦法用嗎？沒想到……

「好了，三分鐘到了，該換我了。」

正也拍拍我的肩膀。空拍機充電完成後，滯空時間只有十五分鐘，我很不甘願地把雙手拿著的遙控器交給正也，然後站在他身旁，看著手機螢幕。

久米和黑田學長確認我們換手之後，再次開始丟粉紅色飛盤。雖然別人可能以為他們是恩愛的情侶在操場角落玩，但其實是黑田學長提議用這個方式練習拍攝。前半場由我和正也玩飛盤。

和普通的傳接球不同，飛盤的軌道很難預測，所以不容易拍到飛盤。我剛才根據飛盤的路線移動空拍機，但正也讓黑田學長和久米都出現在畫面中，只是上下調整高度。原來如此，並不需要因為是空拍機，就只將焦點對準活動的物體。

久米起初丟飛盤和接飛盤時都手忙腳亂，但我發現她經過稍微練習，現在幾乎可以站在原地。

「寫劇本的時候經常會說要從鳥瞰的角度，就是鳥的視線去描寫劇情。原本我大致能夠想像，但在實際拍攝時發現，和我的想像不太一樣。不知道劇中的人物在說什麼，也看不清楚表情，但其實距離很近，好像可以聽到，卻聽不到；好像可以看到，卻又看不到，所以才能夠發揮想像力。」

正也開始操作空拍機後，似乎對電視短劇也產生了興趣。

我們是高中生，製作作品也是社團活動的一部分，只不過預算很有限。

在製作電視短劇時，根本不可能出國去拍外景，能夠搭的布景也有限。而且J賽規定，參加電視短劇的演員必須是本校學生，所以劇中人物的設定也受到了限制。

相較之下，廣播短劇的自由度就很高。正也經常把這句話掛在嘴上。只要在廣播短劇中說這裡是南極，聽廣播短劇的人腦海中就會浮現他所了解的南極，只要演員能夠妥善運用聲音，可以讓各種不同年齡層的人出現在劇中，所以製作廣播短劇樂趣無窮。

如今又打開了一道新的門。正也說。

「因為我不希望別人認為我輸了不服氣，所以之前一直沒提，但去年J賽全國大賽決賽的電視短劇項目，沒有任何一部作品讓我覺得很厲害。雖然主題很有趣，但無論劇中人物的心情和狀況，全部都用台詞說明，拍攝的方式更糟，簡直就像在看連環畫劇。」

「明明是影片，卻有這種感覺嗎？」我問。

正也降低了空拍機的高度，拍攝了久米的頭頂特寫。

「黑田學長，請你感受我丟過去的心情。」

正也配合著久米丟飛盤的動作，為她配上了噁心的台詞。接著又移動空拍機，這次拍了黑田學長頭頂的特寫。

「我收到了妳融入飛盤中的心意！」

正也配合黑田學長順利接到飛盤的動作，再度配了音，接著拉高空拍機的高度，避免影響正在玩飛盤的他們，然後看著我說：

「就是這樣。雖然用空拍機時，只能拍到他們頭頂的特寫，但你可以想像剛才是拍他們的臉部特寫。」

「你是說，輪流拍攝說台詞的人嗎？」

「答對了，而且是上半身的特寫，甚至不知道他們在玩飛盤。雖然我不太想說這種話，因為聽起來就像是出自上了年紀的大叔之口，但我認為應該是因為現在十幾歲的人都太習慣手機了。標準尺寸變成手機螢幕的大小，無論電影還是電視劇，都用手機看，所以即使是影視專業人員，現在都迎合這種趨勢，把劇中的人物拍得很大。這麼一來，就無法了解背景和狀況，於是就用台詞說明，結果外行人就以為這是正確的拍攝方法，簡直就是惡性循環。如果大家都用手機看J賽決賽的影片也就罷了，但實際上和電影一樣，是在大銀幕上播放。」

「啊啊，那樣一定很有壓迫感。」

雖然我的感想可能稍微偏離正也想要表達的意思，但我能夠了解他比喻成連環畫劇的原因。

我平時很少看電影，也許是因為這個原因，偶爾去看電影時，總是會很受不了大銀幕和巨大的音量。雖然我媽說，這種身臨其境的感覺正是電影的美妙之處，但我並不覺得自己融入了電影的世界，而是感覺被透明的牆壓扁了。

如果透明的牆，也就是平面上一味呈現上半身的特寫，除非攝影機的運鏡很穩，否則的確會覺得像是連環畫劇。

我想像著在電影院的銀幕放映我們之前製作的〈交換〉的情景，只覺得很可怕……

「〈交換〉有很多正面特寫嗎？」

雖然看自己演出的鏡頭很害羞，但我並沒有從頭到尾都瞇著眼睛看。

「這個嘛，我事後才發現，其實這個部分處理得很好。當時都用兩台攝影機，同時在近距離和遠距離拍攝同一幕，事後的剪接處理很均衡。」

「這樣啊，當時樹里學姊在教我剪接時，我還曾經驚訝，原來這一幕要使用遠距離拍攝的背影。」

也許是因為內容很無聊，再加上那幾個學姊莫名其妙的青春劇太令人印象深刻，我根本沒有努力尋找那部作品的優點。這也是沒有我發現這件事的原因。

「如果樹里學姊還在，即使是空拍機，她應該也能拍出有趣的影像。」

「不，」正也立刻否定了我的意見，「現在也有出色的攝影師。」

「對喔。」

我點了點頭，正也叫著：「慘了，超過三分鐘了。」慌忙讓空拍機返航。返航和操作技術無關，空拍機本身就有返航功能，可以設定成只要按下按鍵，就可以自動回到遙控器的位置。除非發生意外。

「你們要玩到什麼時候？」

社團內唯一無法讓空拍機順利返航的人——白井社長的叫聲傳來。她可能懶得換鞋子，所以站在校舍通往體育館的通道上，雙手扠腰，張腿站在那裡，叫喊的聲音完全不輸給翠理學姊發聲練習時的音量。

她之前參加馬拉松比賽時跑得很快，平時做事很俐落，原本以為她很靈巧，沒想到她第一天操作空拍機時，空拍機卡在中庭的楊樹上，只能請工友搬出梯子。那天之後，白井社長就完全不碰空拍機。

蒼學長對她說，最好等到有辦法做到在右手畫四方形，左手畫三角形的同時，唱「龜兔賽跑」的童謠後再碰空拍機。她聽了之後很生氣，但我覺得她似乎在遵守蒼學長的建議。

正也再度低頭看著連在遙控器上的手機，小聲嘀咕說：「慘了。」我也忍不住說：「完蛋了。」

今天下午四點，廣播社要開會，現在已經快四點十分了。等一下白井社長一定又要罵我們了。

久米也慌慌張張地單手拿著飛盤跑了過來。我仔細觀察，發現她的確跑得很快。黑田學長慢條斯理地跟在她身後走了過來。

「滯空時間還有剩，白井，妳要不要也來練習一下？」

黑田學長用悠然的語氣問白井社長。他的聲音也很宏亮。

「我才不要，你們動作快一點！」

白井社長說完，轉身跑回了校舍。

「她這個人很好強，這裡留給我來收拾，你們幾個一年級的先去吧。」

黑田學長笑著打開放在花圃旁的空拍機盒子，我們回答說：「好。」然後跑向廣播室。不知道是否因為同年級的關係，無論黑田學長再怎麼我行我素，白井社長也從來不會罵他。

「久米，這個給妳。」

正也把剛才裝在遙控器上的手機交給久米。只要下載手機專用的應用程式，手機就可以記錄空拍機會拍攝的內容。目前只有久米和黑田學長下載了這個應用程式。

因為是久米抽到了這個獎品，起初只有久米下載了應用程式。雖然她說要捐贈給廣播社，但我們都覺得是借用她的私人物品。

我對機械並不生疏。

雖然我努力不去思考因為是單親家庭的關係，但我媽真的是家電白痴，所以我從很小的時候開始，家裡連結電視和ＤＶＤ播放器，或是剪接錄影的內容就是我的工作。

而且我媽很喜歡用錄影機拍攝，每次田徑比賽時，她也會卯起來拍我以外的其他同學，當其他家長拜託她拷貝，她總是一口答應，所以經常增加我的工作量。

也許是因為我經常剪下、貼上重要的場景，燒錄到DVD上，所以之前協助電視短劇的剪接工作時，樹里學長稱讚我技術很好，而且也很快學會了配音和上字幕的作業。

但是面對空拍機就完全是個大外行了，而且並不是只有我對空拍機束手無策。

馬拉松大賽的隔天，大家看著廣播室桌子正中央的空拍機盒子議論紛紛。

不需要證照嗎？白井社長問。

不知道是否需要向民航局之類的地方提出擁有空拍機的申請書，還是要申請飛行許可證？蒼學長說。

還是要先告訴老師這件事。翠理學姊說。

會不會被沒收？正也說。

到底哪裡在賣空拍機這種東西？我好奇地問。

對不起，我抽中了這麼麻煩的獎品。久米說。

大家的反應簡直就像是久米抽中了一把槍。

黑田學長逐一回答了所有的問題。他上網查了這些問題。其實每個人只要上網查一下，就可以知道答案……

雖然有民間團體發行空拍機的操作證，但即使沒有操作證就操作也不會遭到處罰，也就是說，即使沒有操作證，使用也完全沒有問題。

如果是未滿兩百公克的空拍機，不需要向國土交通省提出申請，可以在禁航區以外的自由飛行。

但我們還是向社團顧問秋山老師報告了這件事，秋山老師也無法自行做出判斷，再加上校規中沒有關於空拍機的內容，於是老師在教職員會議上報告了這件事，最後校方決定，可以在校內不影響其他學生的情況下，在正常範圍內使用。

在三葉電器或大橋相機這種全國連鎖家電量販店都有賣空拍機。

久米抽中的空拍機來自美國，定價是一萬九千九百九十圓，重量為一百九十公克，滯空時間為十五分鐘，搭載廣角ＨＤ攝影機。除了有返航功能以外，空拍機還能夠在保持一定距離的情況下，跟隨操作者的功能。只要用手機下載專用的應用程式，就可以使用顯示在手機螢幕中的地圖，事先指定空拍機飛行的路線，也就是具有指定路線飛行的功能。

雖然這是一台初學者也很容易操作的空拍機，唯一的缺點就是螺旋槳沒有保護罩，所以在使用時，必須注意碰撞造成螺旋槳損傷。

了解這些基本知識後，廣播社的全體成員都來到中庭，小心翼翼從盒子內拿出空拍機，久米事先已經在手機上下載了應用程式，所以把她的手機裝在遙控器上，黑田學長事先已經研究了這台空拍機，在他的操作下，空拍機順利上升了五公尺時，大家不約而同地發出了「喔喔」的叫聲，在叫聲漸漸變成歡呼聲後，終於消除了內心的不安，每個人——至少我已經愛上了空拍機。

不要說無線電遙控飛機，我甚至沒有放過風箏，我以前完全不知道讓東西飛上天的行為這麼令人興奮雀躍，更何況還可以看到空拍機所看到的風景。這和從校舍屋頂看下來的感覺不一樣，也和搭飛機看地面的感覺不同，而是可以從高處眺望移動的風景。

雖然很簡單，但感覺自己好像也在天空中飛翔。

我們開始操作這麼好玩的東西後，也吸引了廣播社以外的人的興趣。

放學後，為了避開有樹木的區域，我們在操場角落操作，運動社團的人也都紛紛聚集過來，其中也不乏原本打算來向我們抗議，說空拍機很危險或是影響他們練習的人。我們廣播社的人出示了用空拍機拍攝的影片，證明這是社團活動。我立刻發現了實力的落差。

當黑田學長拍攝了某個社團活動的情況後，那個社團的人會一次又一次反覆看，尤其是足球社和橄欖球社這些團體競技的人更是對影片內容讚不絕口，說可以藉由影片確認每個人的位置和整體動向，甚至希望可以拍攝他們練習比賽的情況。

於是，黑田學長也用自己的手機下載了應用程式。

黑田學長獨自做這件事會負擔太大，所以我和正也也試著拍攝這些團體競技，但明明用相同的方式拍攝，那些社團的成員看了影片後的反應卻不理想。對方也無法清楚說明，只說這個時候該後退一點，或是拍攝角度不太對，我們也難以理解到底哪裡有問題。

這並不是會不會使用空拍機，或是會不會拍攝等技術上的問題，而是取景的方式。要拍出想拍的東西不是一件容易的事，但在此之前，如何取景這件事並不是多練習就能夠掌握的。

這是感性問題。正也說。

正也寫劇本方面有豐富的感性，所以立刻想到了問題的癥結點。

雖然黑田學長建議我也下載應用程式，但我還無法這麼做。只不過我也很希望加強拍攝能力。

蒼學長和翠理學姊已經來到廣播室，他們兩人從來不會遲到。

他們第一個星期也對空拍機感到好奇，但不知道是否很快就失去了興趣，還是原本就沒有太大的興趣，所以向來不會搶著練習空拍機。

翠理學姊每天用之前馬拉松比賽中得到的跳繩，在不常有人經過的走廊上練習十分鐘後，再練習發聲，然後才來到廣播室。雖然我也必須和她一起練習，但又覺得年底之前暫時維持目前的狀態。

蒼學長看到我們走進去後，收起了數學參考書。

翠理學姊和蒼學長都沒有生氣，只有白井社長渾身散發出好像隨時會爆炸的感覺，所以我們在她發脾氣之前就先道歉。完全不說任何藉口，反正道歉就對了。

不好意思。對不起。很抱歉。我們三個人輪流重複著這三句道歉的話，黑田學長毫無歉意地笑著走進來說：「各位久等了。」

白井社長坐在上座，七個人圍坐在桌子旁後，社長發了分組名單。那是上次開會時，針對J賽決定的粗略分組名單。

JBK盃全國高中廣播電視競賽總共有六個項目。

這六個項目分別是創作電視短劇、創作廣播短劇、紀實電視、紀實廣播、播報和朗讀項目。

今年夏天舉辦的上一屆全國競賽中，由三年級學姊製作了電視短劇，二年級的學長姊製作了紀實節目，翠理學姊報名參加了播報項目。一年級新生協助那幾個很靠不住的三年級學姊製作了電視短劇，意想不到地積極參與了比賽。

但是白井社長的提議，下一屆比賽時，不再由不同學年參加不同項目，而是所有成員同心協力，製作所有的參賽節目。沒有人對此表示反對，因為兩個學年全部加起來也只有七個人。

針對不同的項目，決定了一名組長和兩名組員。正也被指名為短劇組的組長，白井社長主動要求擔任紀實組的組長，所以就很自然地由我和久米成為正也的組員，蒼學長和黑田學長成為白井社長的組員，短劇類別由一年級生主導，紀實類別由二年級生主導。

翠理學姊成為播報和朗讀組的組長，我和久米被指名為她的組員，雖然這意味著我要參加其中一個項目的比賽，但我還沒有決定。

我之前去參觀過縣賽的初選和決賽，所以了解播報項目的比賽情況。

那並不是被稱讚聲音很好聽，就可以隨便參加的項目。除了要練習發聲和抑揚頓挫以外，如果報名參加播報項目，必須自己寫稿，題目也要自己決定。稿子必須在規定的字數內提出問題，同時尋求解決方案，或是介紹大部分人不了解的事，讓大家產生興趣。

不要因為沒有能力做到播報項目要求的這些事，就認為可以選擇報名參加朗讀項目。久米每個月至少看十本小說，我和她不同，幾乎沒有閱讀的習慣。我根本不可能從五本指定作品中挑選出其中一本，也沒辦法決定要從那本書中摘錄哪一個部分朗讀，一定會挑選出連作者都大吃一驚的奇怪部分，在解讀完全錯誤的情況下朗讀。

翠理學姊說，不必想得太難，只要是她力所能及的事，她願意傾囊相授，而且願意等我慢慢思考，只要年底之前做出決定就好。

「接下來要討論製作的優先順序。」

白井社長大聲說道。因為不可能所有參賽節目都同時進行。

「我認為先製作需要花時間追蹤主題的紀實電視節目比較好，當然也很希望宮本可以趕快完成短劇的劇本。」

「我已經在慢慢進行了。」

正也說。

「那我贊成，因為紀實類別和短劇不同，修改比較不容易。」

蒼學長舉手說道。「我也同意。」黑田學長和翠理學姊也都表示同意後，我們三個一年級的學生也都表示贊成。因為我們憑親身經驗了解，只要一個月的時間，就可以完成短劇。

而且這是第一次正式和二年級的學長姊一起認真製作作品。比起由我們主導的短劇，先協助學長姊的紀實節目，有助於學習他們的經驗。

「那就先決定主題。」

白井社長很有精神地說。

「咦？不是由妳決定嗎？」

蒼學長問。

「上次的紀實電視和紀實廣播節目都是由我決定主題，但最後不是無法進軍全國嗎？

所以我認為還是大家討論決定比較好。」

「哇，好驚人的進步。」

蒼學長笑著說道，但語氣中並沒有揶揄。

「但妳突然這麼說，也一下子想不到什麼主題，我原本還以為妳會決定主題。話說回來，如果我們都只等待妳的指示，妳壓力的確會太大。」

黑田學長說，翠理學姊也點頭表示同意。

「我原本以為自己只要負責說旁白就好，但這樣就不算是大家合作完成的作品。」

學長姊都很以身作則。看著他們的討論，我不由得產生了這樣的想法。不知道該說他們都很有肩膀，還是很團結，讓人有一種安心的感覺，和三年級的學姊一起製作電視短劇時的感覺完全不一樣。

「謝謝，我想大家也沒辦法馬上想出主題，下個星期一之前，每個人至少要想一個題目，然後用LAND傳給我，我會整理總結，然後大家再一起討論。」

白井社長說完，拍了一下手，似乎表示這個話題結束，我立刻戰戰兢兢舉起了手。

「我沒有用LAND。」

「呃，我也沒有用。」

久米用幾乎聽不到的聲音說。

「為什麼？」

白井社長直截了當地反問。我是因為不想和中學田徑社的朋友聯絡而沒有使用LAND，我的理由當然不重要，但從久米平時的樣子，應該能夠察覺其中的原因，所以白井社長至少可以問得婉轉一點。久米沉默不語，露出為難的表情。

「你們可能不想和某些人聯絡，如果是這樣，可以只加入廣播社的群組。」

白井社長說話時沒有絲毫的躊躇，讓人忍不住想要回答：「有道理。」

「有辦法這樣嗎？」

我小聲問正也，正也一臉「你怎麼連這種事都不知道？」的表情點了點頭。難道不是會自動傳訊息給電話簿中的所有人，通知他們我加入了LAND嗎？

「我加入的聯絡人不到十個，只不過也沒必要勉強加入，但即使因為使用手機或是LAND遭到霸凌而決定不使用，也可以了解一下能夠發揮什麼作用。雖然看到別人寫自己的壞話會很受傷，但只要擷圖保存，就可以成為證據，而且要查出到底是誰在寫那些話，也不是太困難的事。因為反正都是學校的同學，可以把擷圖的內容列印出來，用存證信函寄給對方的家長，還可以視對方的態度，決定要不要告上法庭。」

蒼學長說。雖然我並不是因為這個原因不用LAND，但我不敢看久米。

「是啊。」

沒想到久米很明確地這麼回答。

「太好了，傳影片也很方便，如果空拍機拍到不錯的影片，妳也可以傳給我。」黑田學長說。

「原來還可以傳影片。」久米小聲嘀咕後，大聲回答說：「好啊。」

既然這樣，我也希望黑田學長可以把他拍的影片傳給我。

「比起和白井當面說話，至少她沒辦法在LAND上罵人。」蒼學長笑著說。

「是這樣嗎？」

正也追問。他應該藉此希望將大家的注意力從久米轉移到自己身上。難道是我想太多嗎？

「因為她打字很慢，所以說話很簡潔。」

「真是沒禮貌，我只是努力寫得簡潔，而且晚上九點以後會影響我讀書，我都不會回訊息。」

白井社長再次斬釘截鐵地說。我有辦法像她那樣拿得起放得下嗎？即使如此……

「那我也試試。」

到底要進入田徑社還是廣播社？原本我已經心灰意冷，認為自己失去了田徑這個選項，但仍然有人願意提供給我這樣的機會，我是在這個基礎上選擇了廣播社。這件事不需要昭告以前田徑社的朋友，但我相信有人在關心我。

我已經抬頭向前進，現在有了讓別人了解這件事的契機。也許就只是這樣而已。

我和正也、久米一起走進車站前的速食店。雖然還不到傍晚六點，但天色已暗，所以有一絲夜遊的感覺。在漢堡店就可以讓我有這種感覺，可見我的高中生活有多單純。

我對這個世界中沒有任何不滿，也對學校沒有任何意見，從來沒有深入研究過政治或是環境問題，所以也完全想不出任何紀實電視的主題。

我們三個人像往常一樣走出校門時，我忍不住嘀咕：「到底該怎麼辦？」正也提議來這裡討論。

久米難得主動提出也要加入討論。她似乎也想知道怎麼加入LAND，我也要請正也指導一下。

填飽肚子，三個人用LAND相互傳了訊息後，正也重重地嘆了一口氣。教我們加入LAND這麼累嗎？

「我完全想不出紀實節目的題目。」

「正也，你竟然也想不出來？」

久米也很驚訝地點著頭。

「如果是短劇的劇本，無論是廣播短劇還是電視短劇，我都有很多想寫的內容。」

「原來是這樣。」

「可不可以挪一個短劇的主題給紀實節目呢？」

久米提議。我也表示贊成。

「我不想這樣。」

「為什麼？」

我問。正也之前寫的廣播短劇〈圈外〉是以手機霸凌為主題的作品，我認為完全可以作為紀實節目的主題。

「這也是我之前去觀賞全國競賽的決賽後的感想，在影片播放之前，會先說明這是電視短劇還是紀實影片，所以就帶著這種心理準備看影片，但如果不事先說明，很多作品根本不知道是參加哪一個項目的競賽。」

「我不懂你說的意思。」

「比方說，有一所男子學校從幾年前開始招收女生，雖然女生說，在那所學校有很多不方便的地方，但包括學生會會長在內的三個男生無法理解，於是他們就決定在學校當一個星期的女生。你認為這部作品屬於哪一個項目？」

「感覺像是紀實影片。」

久米回答說。我也有同感。

「答錯了，是電視短劇。既然是電視短劇，完全可以設定成學生會的三個男生早上醒來後，發現自己變成了女生，就可以拍他們戰戰兢兢地去校舍內只有偶數樓層才有的女廁之類的橋段，但他們只是穿上女生的制服，然後去偶數樓層的男廁，或是發現烹飪教室的器具不夠充足等等，這種在當今的時代，根本無關男女都會發現的事，讓我覺得根本可以去參加紀實電視項目。」

「這種影片竟然可以進入決賽。」

「可能是男生努力理解女生想法的主題加分吧，而且那三個男生都很有個性，和主題無關的對話就像在說相聲一樣逗趣，會場上不時響起笑聲。我認為這一點很值得學起來。」

「這樣啊，所以是令人印象深刻的作品。」

正也嘆著氣，點了點頭說：

「教我寫劇本的老師曾經說，不要寫那種電視短劇和廣播短劇都通用的劇本，而是要寫出能夠充分運用電視的優勢或是廣播優勢的劇本。」

正也的劇本老師是我們的母校三崎中學後方的「貓熊麵包店」的阿姨，那個阿姨以前是職業劇作家。

「我認為在短劇和紀實節目上，也有相同的情況，要考慮到這個主題用短劇的方式能夠充分傳達給觀眾，或是這個主題用紀實影片的方式呈現比較好。更嚴格地說，我們這次的題目是紀實電視，所以除了紀實以外，還必須意識到是用影片的方式傳達這個問題。」

「原來你考慮得這麼深刻，難怪你無法輕易決定主題。」

久米也認真地煩惱這個問題。

「對了，最後獲得冠軍的是怎樣的作品？」

JBK曾經播出各個項目的冠軍作品，J賽的官網上也可以看到進入決賽的作品，但我只看了，不，是聽了廣播短劇的作品。我和正也一起聽了之後，不停地批評冠軍作品，覺得〈圈外〉精彩多了。

「作品的題目是『夢幻加油歌』，學校的學生為了搬去新校舍整理東西時，在音樂教室發現了一張寫了『加油歌』的簽名板。簽名板上雖然寫了歌詞，但並沒有樂譜，所以不知道到底是一首怎樣的歌。於是他們展開深入調查，當他們在調查簽名板上所寫的名字後，發現那是一名六十年前的學生。他們根據畢業紀念冊上的住址找上了門，當年那個學生的妹妹應了門，告訴他們的確是她的姊姊寫了那首歌的歌詞。她姊姊在高二快結束時得了難治之症，醫生說可能無法活到畢業。但是她姊姊並沒有因此感到悲觀，而是努力用自己所剩無幾的生命寫下了加油歌，激勵即將踏上社會的同學。她姊姊寫了歌詞後，請班上的同學作曲。

他們是正在交往的男女朋友。那幾個高中生聽到當年作曲的那個男生的名字時大吃一驚。因為那個人是知名作曲家，也是本地的明星，曾經創作〈和你一起敲響鐘聲〉、〈北方城市小夜曲〉等我們也耳熟能詳的昭和時代流行歌曲。那幾個廣播社的學生找到了那位作曲家，出示了那張簽名板，作曲家老淚縱橫地訴說著當年和那個女生之間的回憶，然後拿出了泛黃的樂譜，而且作曲家還親自用鋼琴彈奏了那首歌。故事就這樣結束了。」

「喔，的確很有冠軍相。」

這樣的內容甚至可以拍成JBK的紀實節目。

「但你們不覺得有點投機取巧嗎？」

「哪個部分？」

「就好像在玩撲克牌或是大富翁，結果一開始就拿了一手好牌。」

「喔，原來你是說這個，但你不覺得比賽不是也包括了這種運氣的成分嗎？」

不是只有電視廣播比賽而已，運動比賽也一樣。有些學校有明星選手，有些學校有知名的教練，無論哪一項競技，都不可能在完全相同的條件下競爭。

「運氣嗎？你這麼說也對啦。嗯……」

正也似乎有點心浮氣躁，努力想要表達內心的想法。

「但是缺乏高中生的特色。」

久米說道，好像突然發現了這件事。

「沒錯！從徵選簡章到全縣預賽、選評中，都會提到這句話。縣賽的廣播短劇〈任務〉讓我感動不已，我認為比任何一部作品更充分發揮了廣播的特性，但名次並不理想，理由就是不像高中生。簡單地說，J賽的主題可以說就是『要有高中生的味道』，但在全國決賽評審時，竟然好像不在意這件事了。」

「但是那部作品不是在預賽中也獲得了好成績嗎？」

「是沒錯啦，而且拍攝技巧也很出色。」

「還有其他讓你覺得出色的作品嗎？」

「沒錯！」

久米並沒有去看全國比賽的決賽，她竟然能夠了解正也當時所感受到的疑問，實在太神奇了。聖誕節快到了，他們乾脆交往算了。雖然我們正在談正事，但我忍不住偷笑起來。

雖然是因為漢堡店背景音樂讓我產生了這種想法，但止也似乎對這些音樂充耳不聞。

「亞軍作品的名字是『期中考和期末考是否有必要？』他們針對這個問題，向全校學生做了問卷調查，由考試贊成派和反對派展開辯論。反對派並不是討厭讀書，有人只是不希望按照上課的進度，而是根據自己的理解程度自學，或是有人認為和模擬考試的進度不一樣，考試期間也無法正常上課，還有人認為只要期末考就足夠了。他們也向老師進行了問卷調查，得知老師也分成贊成派和反對派，於是就採訪了雙方的理由。除此以外，他們也採訪了校外人士。像是知名升學補習班的老師、大學教授，和教育委員會的人，這些影片占了作品的七成，再把這些影片放給全校的學生看，再次做問卷調查，了解學生態度的改變，然後就結束了。」

「是喔，真想看一看這部作品，期中考試可能真的沒什麼必要。」

「但如果沒有期中考試，期末考試的範圍就會更廣。」

「有道理，這樣就會變成一試決定成績了，但我們學校在上課前都有小考，所以真的不需要期中考。」

「這樣不是除了數學和英文，其他科目也都要小考了嗎？」

久米輕鬆反駁了我，我忍不住嘆著氣。

「這就對了。」正也探出身體，「這不是會針對是否需要期中考和期末考展開討論嗎？這就是拍片者的目的。紀實影片不就應該是這樣的作品嗎？能夠獲得其他高中生多少共鳴？能夠得到怎樣的反應？但是冠軍作品缺乏了這些要素，只是深入調查後，找到了名人。至少應該在最後唱一次那首歌，或是在文化祭上表演之類，把那首加油歌內化成自己的東西，如果是這樣，我也能接受那部作品獲得冠軍。」

「嗯。」我只能發出低吟回應。我並不是無法理解正也想要表達的意思，但是在理解之後，思考如何運用在自己的選題上，就覺得更難了。

「不知道下個星期之前，有沒有辦法想出來。」

「雖然我說了這麼多，再說這句話有點欠揍，但即使大家集思廣益，最後應該還是會製作白井社長想要拍的題材。我聽說白井社長以後想當記者，所以她願意把短劇讓給我們一年級，但紀實節目絕對不會放手。」

「我也覺得。」

既然我們的提案只是充場面，心情就輕鬆多了。

「我也會放鬆心情想一想。雖然現在說這種話也是馬後砲，但聽了正也剛才說的話，覺得當初也應該自掏腰包去東京，親眼看一下決賽的情況。」

久米加強語氣說道，我也有同感。雖然三年級的學姊寫了感想，也介紹了決賽的內容，但完全沒有提到正也剛才說的那些事。

已經完成比賽的人，和將要參加比賽的人看比賽的角度也許有很大的差異。

「大家一起去。」

正也的話強而有力，好像在說：「我會帶你們去。」雖然很有信心，但我當然知道不能光靠他一個人努力。

走出漢堡店，我們一起走去車站。

正也從第二個學期開始，每天騎腳踏車上學，他申請了學校的腳踏車停車場，但可能覺得每次為了配合搭電車的我和久米，推著腳踏車一起走去車站很麻煩，所以他都把腳踏車停在車站前的停車場。

像今天有事要討論當然是例外，但平時沒有特別事的時候，他根本不需要陪我們一起走到車站，但正也很堅持。

正也和我們不同班，現在也沒有一起吃便當，只有在回家的這段路上，我們三個一年級的人才能在沒有其他人的情況下好好聊天。雖然正也這麼說，但搞不好他只是想和久米一起走回家。

雖然久米和班上的女生漸漸混熟了，但我認為我們應該是她最好的朋友。只不過自從久米抽中空拍機後，有人突然經常找久米說話。

那個人就是黑田學長。雖然之前曾經有一段時間覺得二年級的學長姊都很可怕，但在三年級的學姊退社，和二年級的學長姊一起作業的時間增加後，逐漸了解了他們每一個人的個性。

白井社長和蒼學長做事情的速度是我們的一．五倍，社長全力以赴，所以看起來很拼，蒼學長則是從容不迫，老神在在，然後就把事情處理完了。

我只是利用了閒暇時間。雖然蒼學長這麼說，但這所學校經常考試，功課也很多，我完全不知道他怎麼有辦法擠出時間。我每次都到最後一刻才交學校的功課，至於廣播社要求的事，比方說，學校辦活動的日子，要寫自己的時間分配表，我也每次都在白井社長三催四請之下才完成。

正也做事的速度和我差不多，久米比我們稍微快一點，每次都準時交。翠理學姊也和久米差不多，但我覺得這樣比上雖然不足，比下卻有餘，因為黑田學長比我和正也更混。只要趕得上就好了啊。這句話我不知道聽他說了多少次，而且也不知道點了多少次頭。如果廣播社內有派系，我和正也絕對都是黑田派。

白井社長雖然對我和正也很嚴格，卻從來不數落黑田學長。雖然二年級的學長姊不會像以前三年級的學姊一樣，經常一邊吃點心，一邊閒聊，但可以感覺到他們感情很好。

也許是因為和二年級的學長姊相處很輕鬆，所以久米當初抽中空拍機，還感到不知所措，自從和黑田學長一起操作空拍機後，總是心情輕鬆地樂在其中。

正也應該早就察覺了這件事。

車站旁有花圃和長椅的區域是相約見面的熱門地點，從離聖誕節還有十天的昨天開始，就開始掛上了燈飾。

雖然只是用繩子從花圃最高那棵樹的頂端拉向四面八方，然後掛上燈而已，但附近的幼稚園小朋友和老人院的老人用保特瓶製作的燈罩有濃濃的鄉村風味。

每個燈罩上都用彩色油性筆，自由地畫了很有聖誕節氣氛的畫，但有人畫的聖誕老人和麋鹿栩栩如生，我今天早上經過時，忍不住停下腳步，看得出了神。

正也也在相同的地方停下腳步，叫著：「那隻麋鹿！」用手機拍了照，然後轉頭問我們：

「你們不拍嗎？」

我和久米互看著。我向來沒有這種習慣，久米說著：「那我也來拍一下。」拿出了手機，隨即「啊！」地叫了起來。

「黑田學長傳了影片給我。」

我拿出自己的手機看了一下，我並沒有收到影片。正也說了聲：「是喔。」顯然他也沒收到。

「對了，你們聖誕節有什麼打算？」

正也提高聲調問。不知道他準備已久，還是剛才突然想到這個問題。

「我完全沒有安排。平安夜那天不是結業式嗎？不知道會不會有社團活動。」

「即使有社團活動，也不會有聖誕晚會，而且我想社團活動的時間不會很久，既然已經來學校了，放學之後，要不要一起去唱歌，或是看電影，然後再去吃蛋糕？」

我猜想他應該昨晚就想好了這番話。我沒有理由拒絕。因為並沒有其他人約我。班上的同學除了有男、女朋友的人以外，大部分人都會和社團的朋友一起玩。

「好啊，我有好幾部想看的電影，而且我們三個人好像第一次一起看電影。」

我忍不住興奮起來。眼前這些低俗的燈飾非常有助於增添聖誕節氣氛。

「我也有幾部想看的電影，久米，妳呢？」

「呃……謝謝你邀請我，但不好意思，我已經和別人約好了。」

久米滿臉歉意地鞠躬說道。怎麼可能？我為自己產生了這種想法感到很對不起她。這代表我認為久米沒朋友，我們是基於同情和她當朋友。

她該不會和……

「雖然我也有想看的電影，但中學同一個社團的朋友約了我，我們平時都沒什麼機會見面……」

「沒關係，沒關係，反正我們經常可以見面，不然我們可以在寒假時再去看電影。圭祐，那我們兩個男生聖誕節就去唱歌。」

雖然正也一臉遺憾地說，但總覺得他聽了久米的說明，似乎鬆了一口氣。我認為並不是我想太多。

放學後，我走去廣播室。

我在週末思考了紀實電視的主題，只不過並沒有整天都在想，只是利用泡澡的時候、睡覺前，以及做數學的時候稍微想一下。

尤其在做數學時，可以很專心思考。也許在做自己不喜歡，卻又不得不做的事的時候，最能夠專心思考其他事。這是重大發現。雖然我也想過也許可以做這個主題，但最後還是決定認真想一下。

原本覺得反正只是不會被採納的意見，所以只要隨便想一個主題就好，但白井社長一定會馬上察覺我只是在敷衍。為了避免被社長說：「可以用一點心嗎？」還得要說得出選這個主題的理由。

到底要選短劇還是紀實節目？電視還是廣播？

如果是電視，當然沒有理由不用空拍機。

因為是空拍，所以要選擇能夠透過空拍機，更強烈呈現的主題。有什麼是自己平時司空見慣的事物，從空拍的角度，可以有全新的發現？

走進廣播室，二年級的學長姊和正也都還沒來，只有久米坐在座位上。

因為今天風太大，黑田學長在午休時用LAND通知我們今天不練習空拍機。

我昨天晚上已經把紀實電視的主題傳給了白井社長，社長指示說，不要傳到廣播社的群組，而是傳到她的私人帳號，所以大家都不知道其他人想了什麼主題。

「我問……」

「請問！」

我們同時開了口。我猜想她應該想問相同的問題，於是我請她先問。

「町田，你決定要參加播報還是朗讀了嗎？」

原來她是問這件事。我雖然有點意外，但這件事的期限也快到了。我已經做出了決定。

「如果要報名，我會參加朗讀。」

雖然這樣就變成和久米參加同一個項目，但並沒有限制一所學校只能一個人報名參加，所以並沒有向她宣戰的意思。

「因為播報項目必須自己寫稿子，而且進入全國的決賽時，嗯，雖然我還沒有到這種程度……總之，在決賽時必須從搶先發表的紀實廣播項目中挑選一部作品，針對那部作品撰寫介紹文朗讀，我不太擅長這種即興創作，但我平時沒有閱讀習慣，所以我打算這次只是練習，下一屆再報名參加。」

我並不是想逃避努力，而是週末思考紀實電視的主題以外，結合期末考的成績思考後做出的決定。

中學三年的時間一轉眼就過去了，高中的生活好像過得更快。

學校會定期發給我們升學調查表，我每次都只填寫「國立文科」而已，但其實連這件事也不是很確定。我有辦法考上國立大學嗎？以我家的經濟狀況，在將來的目標未定的情況下，當然不可能讓我讀私立大學。

比起練習寫稿，我是否還有其他該做的事？從這個角度思考，就覺得閱讀或許對考大學有幫助。

「久米，妳已經決定將來要做什麼了嗎？」

「不，我還沒有決定。」

她的回答讓我感到意外。我以為大家都早就決定了未來的方向。

「真的嗎？妳不打算從事動畫相關的工作嗎？」

「啊，我沒有想過。」

她看起來不像是害羞或是謙虛。

「我希望自己珍惜的……我是說對喜歡的事純粹喜歡就好，不要和工作混在一起，我希望可以好好珍惜自己喜歡的事，在對工作和家庭生活感到疲憊時，可以成為我的精神支柱。」

「原來還有這種想法。不，我不是指負面的意思，只是覺得自己是不是對一件事太執著了。我之前都專心投入田徑，發生車禍後留下了後遺症，所以覺得人生完了，失去了目標。之後加入了廣播社，雖然覺得好像能夠很投入，但又感到害怕。」

「害怕什麼？」

「一旦無法有好成績，就會覺得自己是一個沒有價值的人之類的。」

我在說話時，忍不住往下看。當我抬起雙眼時，剛好和久米四目相對。她目不轉睛地看著我。喂喂喂，我在說什麼啊。

「啊，對不起，聽我說這些會很沉重吧？」

「不會，也許有點答非所問，但小田鼬不久前接受雜誌的採訪時說，人生需要三隻腳。」

小田鼬是小田祐輔的暱稱。他是目前很受歡迎的聲優，以前也是青海學院廣播社的學長。

「腳？」

「你可以想像是支撐椅子的腳。小田鼬的三隻腳分別是聲優的工作、喜歡吹薩克斯風和朋友。據說他以前讀中學時參加了吹奏樂社。如果有三隻腳，即使有一隻腳斷了，還有另外兩隻腳支撐，可以利用這段期間修好折斷的腳，也可以準備新的腳。雖然我曾經有一段時間認為動畫是我唯一的精神支柱，但現在廣播社也成為一隻腳，我想另一隻腳應該必須是對未來出路有幫助的事，反正現在才一年級，所以我覺得也可以是家人。即使在電視廣播比賽中失敗，這並不是支撐我的全部，應該不至於一蹶不振……啊，說出來好丟臉，你當我沒說。」

久米漸漸脹紅了臉，她低下了頭，似乎想要用長瀏海遮住。

「沒有啦，謝謝妳……」

我的臉也開始發燙。這時，廣播室的門打開了。我發出「葛呃！」的奇怪叫聲，坐在椅子上後退，聽到椅子嘎噹倒下的聲音，心臟又用力跳了起來。

「該不會……我來得不是時候？」

正也緊張地輪流看著我和久米，慢慢後退，準備離開廣播室。

「不是啦，不是你想的那樣。」

我也搞不清楚不是他想的哪樣，但還是扶起椅子，同時讓心情平靜下來。

「我在和久米討論，到底要不要報名參加播報朗讀項目。」

「原來是這樣啊。」

正也鬆了一口氣，停下了後退的腳步。

「結論呢？」

「我要參加。」

久米也驚訝地看著我。

「要參加哪一個項目？」

「這……要和翠理學姊討論後再決定。」

「喔，不錯啊。光是想像你的聲音經過特訓後會有多大的進步就超興奮。」

正也眉開眼笑地拍了拍我的肩膀。

「我也很期待。」

久米的雙手也做出祈禱的姿勢。我終於想起了這兩個人是戀聲狂這件事。

「町田，不錯喲，你好像越來越投入了。」

白井社長用好像顧問老師般的語氣對我說。原來二年級的學長姊都站在門口。

「最後是誰進來的？要記得關門啊，學生會的人已經在囉嗦，說社團活動時不能開空調。」

「是我，對不起。」

正也抓著頭說。學長姊似乎都聽到了我剛才的宣言。翠理學姊也露出得意的笑容。

「啊，好冷。所以人家才說私立學校的條件比較好，順便來說說錢的事，三年級的學姊有沒有告訴你們參加費的事？」

我和正也，還有久米聽了白井社長的問題，都紛紛搖著頭。

「播報和朗讀項目的參加費每人五千圓，每一部參賽作品的參加費八千圓，你們要充分意識到這件事，全力以赴投入每個項目的作品。」

「好。」一年級生回答後，黑田學長搞笑地嘀咕說：「原來是這樣啊。」

「啊喲！振作，振作起來。接下來要決定紀實電視節目的主題！」

白井社長一聲令下，正也舉起一隻手說：「耶！」我也跟著舉起了手。

以前在田徑社時，我也從來沒有做過這種動作。

雖然只是廣播社內的小角色，有時候會深刻體會到，自己越來越有廣播社成員的樣子了。開始操作空拍機後，這種感覺更加明顯。

如果要用影像記錄目前的狀況，從哪個角度拍比較好？

這種念頭會不時浮現在腦海中。比方說，學校辦活動的時候。比方說，上課的時候。比方說，社團活動的時候。

如果故事要以廣播社作為舞台，可能不太適合電視短劇。開始拍攝之前，並沒有什麼太大的變化，也就是說，缺乏吸睛的要素，所以第一印象就會變得很平淡。

可以將重頭戲放在廣播社成員的對話上，所以也許更適合用廣播短劇或是小說的方式呈現。不，電視短劇也可以從有趣的角度切入……

「以上這些就是所有人提出的主題。」

白井社長的聲音響起。就像是在剪接時，突然按下了電腦的刪除鍵，我腦海中的影像一下子消失了。

所有人都圍坐在廣播室的桌子旁，坐在各自的固定座位上，只有社長站在白板前。白板上用工整的字寫下了報名參加J賽電視短劇的作品主題列表，大家都在週末時，把各自想好的主題用LAND傳給了社長。

從空中的角度觀察學校生活
從鳥的角度檢視學校周圍的防災地圖
廣播社成員挑戰馬拉松！
廣播社社長白井挑戰下廚
採訪實現夢想的畢業生
克服難治之症
傳遞夢想，從過去到未來

我最先看向自己選的主題，接著按照先後順序，猜想分別是誰提出的主題。第一個「從空中」應該是黑田學長提出的。他一定希望可以靈活運用空拍機。和我的想法一樣。

用刪除法來分析，挑戰馬拉松應該是正也的提案。雖然久米抽中了空拍機這個大獎，但回想當初跑得那麼辛苦，所以想要充分加以利用？話說回來，廣播社屬於非體育系的社團，社團成員為了得到社團活動使用的器材，不惜挑戰馬拉松這種高難度運動的內容，拍得好的話，搞不好會很有趣。

更何況我們手上有馬拉松比賽當天的影像紀錄，只不過如果要做這個主題，就必須補拍決定參加馬拉松比賽的過程，以及社團成員的訓練情況。這樣會不會變成造假？

不，只要聲明是為了說明當初的情況而補拍的內容就好。可以從抽中空拍機開始，用倒敘的方式回顧整個過程。

至於久米的提案……八成是採訪畢業生。這是可以近距離採訪她的偶像小田鼬的大好機會。雖然當紅的聲優可能很忙，但他是青海學院廣播社的學長，搞不好聽到我們要製作節目，願意點頭答應。而且小田鼬的妹妹是久米和我的同班同學，每天都和久米一起吃便當，所以也可以透過小田鼬的妹妹拜託。

如果成功的話，我也想見一見小田鼬，還希望他可以指導我的發聲練習……那就選這個主題。

「我希望大家用投票的方式決定主題。」

白井社長環顧所有人說道。

直接投票嗎？雖然我覺得其他人的主題都比我的提案更有趣，但只看這麼簡短的題目，很難做出決定。

「在投票之前，要不要先簡報說明一下？」

蒼學長坐在座位上舉手說道。

「如果各自用簡報的方式說明，不是會知道哪一個主題是誰提出的嗎？」

「那有什麼關係？我認為這裡不會有人因為是白井提出的提案就舉手同意，或是看到是一年級學弟妹的提案就否決。」

「但你不覺得缺乏公平性嗎？」

「只要我們這些人中沒有人被其他人握住把柄，或是有什麼需要顧慮另一個人的狀況，就是公平的方式。」

蒼學長看著在座的所有人，黑田學長點頭說：「對啊。」

「比方說傳遞夢想，光看題目，根本不知道具體在說什麼。」

「怎麼會不知道？說到傳遞，當然是指驛站接力賽啊。」

白井社長生氣地回答，然後倒吸了一口氣，閉上了嘴。

「現在已經知道其中一個人是誰了，怎麼辦？從二年級開始簡報？還是按照白板上所寫的題目順序開始？」

蒼學長再度看著我們問。

「就按照題目的順序好了，相似的題目都寫在一起，而且第一個主題是我提出的。」

黑田學長再度回答，接著看向白井社長，似乎在向她確認：「沒問題吧？」然後站了起來。

「誰要發問？」

白井社長和黑田學長擦身而過時問，然後坐了下來。

「任何問題都儘管問。」

黑田學長拍了拍胸膛，對著大家回答後，從夾克口袋拿出手機。

難道黑田學長猜想到會發生這種狀況，帶了事先寫好的稿子或是重點提示嗎？該不會只有我按照社長的指示，傳了主題的題目而已，其他人都準備了企畫書或是總結歸納了挑選這個主題的理由嗎？

至少在今天之前，都已經寫好了？

「大家也都把手機拿出來。」

我乖乖拿出手機，發現已經收到了黑田學長寄來的影片。影片的長度大約一分鐘左右。

「你要我們現在看嗎？」

白井社長播放了影片，我也操作了自己的手機。

那是在體育館附近空拍的影片。那時候可能是上課時間，走廊和中庭都沒有學生。這時……

「啊？是校長？」

翠理學姊驚叫一聲。我的手機中當然也出現了校長的身影。校長從體育館前的廁所走了出來，穿著像工作服般的寬鬆夾克，手上拎著裝了清潔工具的水桶。

「校長該不會去掃廁所？」

蒼學長驚訝地問，我也大吃一驚。

雖然我平時從來沒有機會和校長接觸，但從來不會覺得他像鄰家阿伯。他總是穿著一身筆挺的高級西裝，有著一頭漂亮灰髮，感覺像是英國紳士。

「我也嚇了一跳，所以就去問了校長。嗯，也算是採訪。沒想到校長告訴我，只要學校某個社團參加的比賽進軍全國比賽，他就會在全國比賽當天之前，每天都去掃廁所祈願。是不是很厲害？」

黑田學長露出尊敬的眼神說。校長的確很厲害，但黑田學長遇到好奇的問題就馬上去確認的行動力也讓人肅然起敬。他在提案的階段就已經這麼積極，那就做這個題目吧。

「我們學校很多社團都可以進入全國比賽，校長一整年都要掃廁所嗎？」

正也語帶興奮地說，但他接下來的這句話讓廣播室內的氣氛變得很微妙。

「不知道他會不會為廣播社掃廁所……」

當然會啊，一定會啦！沒有人說這種話，所有人都看向黑田學長，似乎在向他確認。

「這我就……」

雖然黑田學長的神經很大條，但他應該也察覺到一旦問校長這個問題，氣氛會變得很尷尬。搞不好校長會反問他，廣播社？我們學校有這樣的社團嗎？

「對了，黑田，這不是上課時間嗎？你翹課去拍的嗎？」

白井社長似乎突然發現了這件事，用嚴厲的語氣問。

「不，我才不會做這種事。因為上課態度加分對我太重要了。」

「我超懂。」

正也一臉搞笑的表情表示同意，我也用力點頭。

「那你怎麼拍到的？」

白井社長一臉難以接受的表情。

「在下載了空拍機應用程式的手機地圖上，設定飛行路線，空拍機就會自動飛行。拿到空拍機那一天，妳不是說，介紹學校生活的DVD中，如果加入用空拍機拍的上課情況應該很酷，所以這段影片主要是拍操場上的體育課，只是在一開始時，剛好拍到了校長的身影。」

「喔……原來還有這種功能。既然你沒有翹課，那就沒有問題了，但可以在節目開始的部分說明一下空拍機的功能。」

白井社長已經從比賽評審的角度仔細確認主題。

「差不多就是這樣，我認為從上空觀察學校生活，會有新的發現，應該會很好玩，所以就選擇了這個主題。報告完畢！」

黑田學長說完，笑著抓了抓頭。久米為黑田學長鼓掌，正也和我也一起鼓掌。

「這種熱鬧的感覺真不錯，廣播社從來不曾有過這種景象。」

蒼學長說完，也拍著手，其他二年級學姊和做簡報的黑田學長也都拍手宣布最初的簡報結束了。

接著輪到我。我從來沒有當過班長，作文和自由研究也從來沒有被選中發表的經驗，很少在眾人面表達自己意見。這件事反而可以說是我的弱項。

到底該怎麼辦？我帶著很想嘆氣的心情站了起來，剛好和翠理學姊四目相對。不行，不行，我正在考慮要不要報名參加播報和朗讀的項目比賽，怎麼可以認為自己不擅長在眾人面前說話呢？

我閉上眼睛，努力讓心情平靜。

「既然有了空拍機，我也認為可以製作充分運用空拍機的作品。所謂空拍，換一句話說就是用鳥的眼睛看世界，在思考如何運用時，我想到了地圖。」

我很擔心其他人會認為我的想法太膚淺，但沒有人這麼說，每個人都露出嚴肅的表情聽我說，讓我覺得有點惶恐。我假裝沒有察覺正也和久米臉上的陶醉表情，繼續說了下去。

「我住在靠海的地區，經常會看到海嘯發生時前往高地逃生路線的指示牌，小學的防災訓練時，還曾經實際去了那片高地。我原本以為青海學院離海邊很遠，卻發現在車站前，有提醒大家海嘯發生時要往高地逃生的警告牌，但我稍微觀察了一下周圍，完全不知道該往哪裡逃生。我查了市政府的官網，發現上面寫著要去油菜花台逃生，但我不熟悉這裡的環境，完全不知道是在哪裡，而且距離也有點遠。青海學院是私立高中，有很多學生從比我更遠的地方來這裡上學，一旦發生狀況時就必須去那裡逃生。為了避免在狀況發生時陷入恐慌，我認為如果有模擬影片就好了，所以提議由我們來拍……大概就是這樣。」

我鬆了一口氣，覺得自己的簡報差強人意。這樣可以嗎？我看向白井社長，觀察她的反應。

「有誰想要發問嗎？」

白井社長問其他人，但沒有人舉手。

「你的說明口齒清晰，我認為很不錯。」

社長做了總結，大家為我鼓掌。雖然大家沒什麼反應，但我為自己至少完成了任務鬆了一口氣，然後坐了下來。

所以最後得到稱讚的不是內容，而是我的聲音？

雖然我執著於空拍機，但好像應該將思考的重點放在大家有興趣的事上……我內心淡淡湧現的這種感情難道是懊惱？

「馬拉松比賽是我的提案。」

正也站了起來，裝腔作勢地輕咳了一下。

「雖然我的確想有效地靈活運用我們當時全力拼搏這件事，但你們不覺得這個題材很有趣嗎？全國數千個高中廣播社中，或許有人為了買器材去打工，或是積極向學校、學生會爭取，但我猜想應該只有我們想要藉由參加市民馬拉松比賽得到器材，而且還獲得了超乎想像的成果，黑田學長也拍了很多當天的影片。」

「對啊，我拍了每個人跑進終點的畫面，也全程拍下了白井驚人的最後衝刺。」

黑田學長露出賊笑回答，我也在終點附近看到了那一幕。

只要有人衝進終點，站在終點線旁的工作人員就會拿起大聲公報名次。白井社長從公園的外圍跑道進入公園內時已經搖搖晃晃，看起來好像快跌倒了，一聽到前方傳來

「一百四十三名」的聲音，立刻抬起了頭。

在三百名參賽者中，自己一定要進入前一百五十名。她一定發現了自己還沒有達到這個目標，於是開始用不知道哪裡擠出來的力氣全力衝刺，超越了五個人，衝進了終點，簡直讓人看傻了眼。

光是那一幕，就可以成為有趣的作品。

「你不覺得這種影片的向量是朝向內側嗎？」

白井社長坐在座位上開了口，並沒有因為別人開她的玩笑感到不滿。

「什麼意思？」

「或者說只是呈現我們自己玩得很開心的樣子，YouTube上也有一些一群人開心地玩遊戲的影片很受歡迎，所以我相信應該也有人會喜歡，但我們要做的是紀實節目，想要藉此向外界表達什麼呢？」

雖然白井社長並不是問我，但我覺得她問得很有道理，抱著雙臂想了起來。正也也用指尖抓著鼻頭。這是他感到不知所措時的習慣動作。

「的確有自嗨的感覺。」

正也語帶沮喪地說。

「我認為這樣也沒問題。」

蒼學長站了起來。

「下一個題目是我的提案，和宮本的題目有共同點，所以我就接著說下去。」

正也鬆了一口氣，坐了下來，所有人的視線都集中在蒼學長身上。

「對了，宮本。」

蒼學長再度看向正也，但是……

「不，宮本應該把徵選簡章從頭到尾看得很仔細，仔細研究過了，所以我問町田好了。」

「啊？」

我端正姿勢，內心緊張不已，不知道學長要問我什麼問題。難道學長認為我是沒有好好研究J賽的代表人物嗎？

「你認為參加J賽的作品最重要的條件是什麼？」

「最重要嗎？」

如果知道的話，不是都可以輕鬆得獎了嗎？

「換句話說，就是J賽的主題。」

我的確只看了徵選簡章的重點。上次報名時要填寫很多資料，所以我參考了J賽小冊子後半部分介紹的各種資料填寫方法，但那本小冊子前半部分有寫什麼重要的內容嗎？

有沒有像是介紹J賽的內容。不，等一下……

「有高中生的特色嗎？」

「答對了。」

蒼學長隔著桌子探出身體，伸出手要和我握手。我搞不清楚是什麼狀況，只好握了握他的手。

我只是想起上週末的社團結束後，我們三個一年級生討論上一屆全國大賽中紀實電視的情況，回答了這個答案，所以等於是正也和久米助了我一臂之力。

蒼學長滿意地向我點了點頭，然後看著所有人，似乎在問其他人，你們了解嗎？這一幕簡直就像在看律師題材的電視劇。

「無論是徵選簡章還是評審講評，J賽中的任何一個環節，都會出現『高中生的特色』這句話。我想問你們，『高中生的特色』到底是什麼？」

我和坐在我兩側的正也、久米互看著，用眼神問他們：我們當時是說什麼？

「在回答這個問題之前，我認為這句話本身就很模糊。」

白井社長站起身回答。九月文化祭時，圖書委員曾經舉辦書評比賽。現在的氣氛讓我想起當時的情況。

不對，這兩位學長姊是不是也參加了書評比賽？

「我們這些高中生認為的『高中生的特色』，和評審眼中的『高中生的特色』並不一樣，蒼，你說的『高中生的特色』是哪一種？是大人理想中的高中生嗎？」

無論是縣賽時，還是全國大賽已經結束的現在，這個問題始終都是關鍵。所以才成為J賽的主題嗎？這也有點奇怪。

「對於『高中生的特色』的解釋，當然可以分為兩大類，但是……」

蒼學長走到白板前，拿起了麥克筆，畫了兩個圓。就是數學集合問題常見的那種圓圈。

「兩者並不是完全不同，一定有交集的部分。」

說完這句話，他用斜線塗滿了兩個圓產生交集的部分。

「我看了之前的得獎作品後發現，能夠進軍全國大賽，而且能夠進入決賽的作品都巧妙地將主題設定在這個範圍內。」

我只了解正也告訴我的、今年夏天的J賽中，第一名和第二名的作品內容，蒼學長應該看了所有公開的得獎作品。

所以他在分析之後，提案的題目是「廣播社社長白井挑戰下廚」？

「這個斜線範圍的『高中生的特色』，關鍵字就是『成長』。」

蒼學長在白板的空白處寫了「成長」這兩個又大又工整的字。

「也可以說是『進步』。大部分學校都會注意到這兩個關鍵字，問題在於思考要報導誰的成長這個問題時，通常不是都會想到學校，或是自己周圍特別的對象嗎？幾年前還是很不起眼的社團活動，換了一位顧問老師之後，有了飛躍性的成長。整個學年的最後一名，考試從來沒有及格過的學生狠下決心，終於考上了知名大學。為了延續本地的傳統，挑戰之前從來沒有看過，也沒有接觸過的和太鼓與三味線琴，從頭開始學習，最後在廟會和文化祭上表演。」

原來如此。我把J賽放一邊，腦海中想起了好幾部走紅的電視劇和電影。

「但你們是不是認為從起點到成長為止的差距越大越好？」

我聽了蒼學長的問題，毫不猶豫地點了點頭，正也和久米也一樣。難道不是這樣嗎？而且那些超級英雄題材的動畫，主角一開始不都很沒用嗎？

「差距很大，或許帶來很大的感動，所以廣播社的成員都會以此為基準，尋找可以成為報導對象的人物或社團。哪一個社團的表現迅速成長？只不過要找到迅速成長的對象並不是一件容易的事，那該怎麼辦？如果在起點就有不利條件，即使沒有很出色的成績，也可以呈現出巨大的成長。像是身心障礙者、生活窮困的人，或是受了傷……」

我的心一沉。動過手術的膝蓋似乎一陣疼痛，我輕輕把手放在膝蓋上。

「我們不會做這種題材！」

白井社長打斷了他的話說道。我暗自鬆了一口氣，但也有點驚訝社長說這句話。原來和我膝蓋受傷無關。

白井社長從馬拉松大賽的時候開始，就很關心田徑社，而且因為她剛才不小心露餡，大家都已經知道，白板上的最後一個題目就是田徑社的驛站接力賽。

在馬拉松比賽時，她要求負責攝影的我去拍良太。那天之後，我就懷疑白井社長是否知道良太在中學時，腿曾經受過傷這件事。因為這個原因，導致三崎中學無緣參加全國大賽，但良太之後又在青海學院重新站起來。我猜想社長打算拍良太的故事，一直覺得不太對勁。

良太已經順利歸隊了，介紹他的故事也沒問題，而且可以成為一個契機，讓那些目前受了傷，堅持要參加近期比賽的選手思考，能夠持續運動生涯才更重要這件事。即使我努力告訴自己想開點，但內心還是產生了疙瘩。

但又同時覺得，如果白井社長提出要求，良太也答應的話，我也無法提出任何異議。

「我知道。」

蒼學長心平氣和地回答，「我也不想舉具體的例子，只不過許多進軍全國大賽的作品都是這一類，像是從災害走向復甦，或是學校大部分學生都有相同的不利條件，靠大家齊心協力，努力克服的故事的確能夠激發共鳴。但那種介紹我們學校有一個人很可憐，但是他很努力的故事，就完全無法產生任何共鳴。我反而認為那些高中生太拚了，或許他們自認為在做好事，我並不想去批評他們，只是很想問那些為那種作品評高分的評審，這樣真的好嗎？」

蒼學長從宏觀的角度，把我內心只覺得不太對勁，卻又說不清楚的事，用明確的意見表達出來。我只能一個勁地點頭。

「我的想法也和你一樣，這次的題目，不，上次也是在這種想法的基礎上思考了題目，但為什麼會發展成要我下廚？」

我也完全搞不懂。蒼學長列舉的主題和他的簡報內容差距才最大吧？

「我們是否可以擺脫差距越大，越能夠激發感動的想法？不需要在學校內找特別的對象，就只是普通的學生克服了自己不擅長的事，在自己能夠發揮創意和工夫的範圍內，認真地克服不擅長的事。讓許多高中生看了我們的作品後，可以對照自己或是周遭的朋友，下定決心克服自己不擅長的事。你們不認為這種故事很有『高中生的特色』嗎？」

我不擅長的事是什麼？我現在開始思考這個問題，就等於蒼學長的策略成功了。

「既然這樣，可以介紹你克服自己不擅長的事啊。」

白井社長仍然無法接受。

「我並沒有特別不擅長的事，以後或許會出現，但在至今為止的人生中，沒有任何讓我覺得絕對辦不到的事。」

「我也認為白井比較好。」黑田學長插嘴說，「如果拍我，也一點都沒意思，我有太多不擅長的事了。」

「啊，我也是。」

正也說。黑田學長繼續笑著說：

「白井看起來不是很完美嗎？她是優等生，之前老師還曾經問她願不願意參選學生會會長，但她說想專心投入廣播社的活動，所以拒絕了。」

原來還曾經有過這種事。學生會會長。我第一次見到她，就覺得她很像學生會會長。

「看起來完美無缺的人不擅長的，竟然是讓人覺得怎麼可能連這種事都不會的事，不是會讓人產生好奇，想了解其中的原因，以及會如何加以克服嗎？不擅長的事越簡單，就越好玩，沒有幾個人符合這樣的條件。關鍵就在於個性，妳的個性比我們更加鮮明、更吸引人。」

「真搞不懂你是在稱讚我，還是在虧我……」

白井社長露出複雜的表情嘀咕。

「如果決定採用這個方案，我也覺得人選是小律比較好。」

一直默默地寫筆記（！）的翠理學姊抬起頭說道。

小律，規律的律，白井律。我想起了社長的全名。

「再回到剛才討論的問題上，成長故事當然要成長的程度越大越好，不是嗎？小律的媽媽是料理研究家，在家裡也會做很多美食，所以我猜想小律之前應該只是沒有機會下廚。而且小律這個人一絲不苟，如果食譜上出現『攪拌』或是『揉捏』之類的字眼，應該不會像我們只是隨便弄一下就好，而是會徹底攪拌或是揉捏。」

「我想起來了，之前做餅乾時，只有白井的麵糰好像麻糬一樣滑順。」

黑田學長嘀咕道，白井社長板著臉，沉默不語。

「妳既可以請料理研究家的媽媽指導，也可以去很受好評的蛋糕店採訪。我相信妳一旦掌握了訣竅和手感，很快就可能成為個中好手，比任何人做得更好吃，這不是驚人的成長嗎？」

「除了廣播社的成員以外，還可以請其他學生試吃，蒐集他們的感想，就不會淪為自賣自誇了。這就是我的提案，報告完畢！」

蒼學長心滿意足地說完後，回到了自己的座位。

「如果大家決定要做這個主題，我也只能配合……但你們是不是忘了我也不擅長操作空拍機？」

白井社長老神在在地看著所有人。我突然冷靜下來。我犯了重大的疏失。剛才的討論，感覺好像已經通過了蒼學長的方案，但其實還有三個提案。

白板上列出的題目順序，會不會是按照白井社長最不想做的順序來排列？不，如果是這樣，剛才的題目會排在第一個。

先不管這些，接下來是久米的提案嗎？

「下一個題目是『採訪實現夢想的畢業生』。」

白井社長坐在座位上，看著白板說。我看著久米為她加油，正也也露出同樣的眼神看著她。但是久米輕輕搖了搖頭。這是怎麼回事？我和正也面面相覷，沒想到從意想不到的方向傳來了拉椅子的聲音。

翠理學姊站了起來。

「那不是久米米，而是我的提案。」

悅耳的聲音滲入腦海。原來不是久米的提案。咦？久米米？我們和久米那麼熟，也沒有這麼叫她。我想起班上的小田也叫她久米米。怎麼叫她不重要，既然是翠理學姊的提案，應該和聲優小田鼬沒有關係。

翠理學姊緩緩環顧所有人。

「我思考了私立學校的優點。」

公立學校還是私立學校。在針對今年夏天的比賽檢討會上，曾經討論過這個問題。無論公立還是私立，參加比賽的報名費都相同，而且也是根據相同的徵選簡章製作作品，在相同的條件下接受評選。既然這樣，我認為根本沒必要意識這個問題，但學長姊並不這麼認為。

「優點嗎？」

白井社長握緊雙手小聲嘀咕。

「別人都以為私立學校有充足的預算，即使我們靠技術在攝影和剪接方面下工夫，別人也會誤以為我們使用了很厲害的器材，之前可能只想到這些負面的事。」

「有道理，所以我們使用空拍機，別人也會覺得私立學校果然很有錢。」

黑田學長也恍然大悟地說。怎麼會這樣？我聽了很不爽，好像別人已經真的這麼認為。

但轉念一想，我也不是從來沒有產生過類似的想法，只是從來沒有針對廣播社想過這個問題，但在運動比賽時，當私立學校名列前茅時，經常滿不在乎地說，他們招收了許多有實力的選手，而且有專業教練指導，成績好有什麼稀奇？

「不光是技術方面而已。」

蒼學長開了口。

「即使很認真地做了和地區相關的主題，別人也會覺得我們很會算計。不是真的認為這些狀況有問題，只是為了參加廣播電視大賽，挑選自己身邊和社會問題有關的主題，認為我們是隔岸觀火。」

「說白了，就是覺得我們是從有錢人的角度看窮人。青海雖然是私立學校，但學生根本都是平民百姓，也因為是非運動社團，預算根本少得可憐。」

黑田學長發著牢騷，趴在桌上。

「但也有優點。」

翠理學姊加強語氣說道。她的聲音直達大腦深處的中心，我很自然地挺直了身體，黑田學長也坐了起來。翠理學姊的聲音為什麼具有能夠控制對方行為的力量？是與生俱來的能力？還是運用了發聲和抑揚的結果？所有人都閉上了嘴，注視著翠理學姊。

「青海的畢業生中，有許多活躍在各界的名人，除了藝人和運動選手等光鮮亮麗的行業以外，還有許多研究人員和公司的董事長。或許有人會說，從私立高中畢業，有這些成就當然不意外，但他們並不是因為進入了青海就輕鬆實現了夢想，或是獲得了成功，我相信大家都經過努力，也遭遇過挫折，我們這些學弟妹一定能夠從這些學長姊走過的路中，得到許多啟發。如果能夠了解……」

翠理學姊的聲音不僅滲入腦袋，更滲入了全身。

「那我想採訪神木讓律師。」

蒼學長說。神木律師是連我也知道的知名律師，曾經於震撼全日本的毒殺事件中，為被認為是嫌犯的女藥劑師洗刷了冤屈。他在就讀東京大學期間就通過了司法考試，也前往紐約攻讀法律，在美國也在多起複雜的事件中，為被告贏得了無罪判決。雖然我知道這位知名律師的事蹟，卻不知道他也是青海學院的畢業生。

「如果可以找這種等級的，那我想採訪四谷惠理子學姊。」

白井社長也興奮地說。四谷惠理子是報社記者，幾年前，曾經揭發一起有政壇大人物涉案的賄賂事件。原來她也是青海的學姊？

「這兩個人目前不是都在國外嗎？比起寫信或是用電子郵件採訪，還不如直接採訪住在國內的學長姊？更何況這是紀實電視的節目。」

黑田學長嚴肅地表達了意見。沒錯，因為這不是空拍機相關的主題，甚至忘記了我們要做的是電視節目。白井社長也驚訝地瞪大了眼睛。

「有道理，黑田，你認為採訪誰比較好？」

「我只知道那些很有名的校友，但如果有機會採訪的話，我想找加賀誠也選手。」

那是在J聯盟表現很活躍的足球選手。如果是足球選手，那我想見世界盃足球賽時，日本隊選手之一的岸谷選手，但二年級的學長姊都點頭贊同黑田學長的意見。我想起來了，目前岸谷選手加入了德國的足球俱樂部，但聽說加賀選手去年引退後，回到了老家，所以採訪的可能性更高。

「啊，我超喜歡加賀選手的運球，聽說他全速跑一百公尺的速度，和邊運球邊跑的時間一樣。」

正也插嘴說。我以為他對運動完全沒有興趣，該不會他和我在一起時，除了田徑以外，還刻意避談所有運動方面的話題？

「沒錯沒錯，聽說他運球時反而跑得比較快。」

黑田學長喜孜孜地說。有可能嗎？不知道加賀選手是採用什麼姿勢。

「如果可以用空拍機拍他的運球，那就太讚了。」

我情不自禁說道。我現在還是對空拍機最有興趣，而且拍攝的對象不是街道或是學校的風景，而是一流運動員的表演，之前簡直連想都不敢想。

如果說，青海學院讓已經在某方面有成就的人和我們這些無名小卒的學弟妹產生了交集，的確如翠理學姊所說，這是「私立學校的優點」。

但是，正也露出陰鬱的眼神看著我。

「這……可能沒辦法，因為加賀選手是因為腿受了傷才會引退。」

「原來是這樣。」

我很自然地把左手放在膝蓋上。如果是這樣，我更想要採訪他。

「也許他不願意談足球的事。」

聽了黑田學長的話，我忍不住微微點頭。

「等一下，我這個提案人還沒有說想要採訪誰，你們不要說得好像這個題目已經討論結束了。」

翠理學姊站在那裡露出了苦笑。不知道為什麼，我覺得室內的氣氛頓時變得明亮起來，就像是室內燈光的亮度有五個等級，翠理學姊的聲音讓燈光突然增亮了一個等級。我知道廣播室的日光燈沒有這種功能，只是我的心理作用。

有些人試圖改變現場的氣氛時會大聲說話，或是提高聲調，或是用不同的表情、拍手等，但是翠理學姊完全沒有使用以上任何一種方法，我卻明顯感受到室內變得明亮，我相信不光是因為她天生聲音好聽的關係。

聲音的抑揚嗎？還是速度？

「翠理，妳想採訪誰？」

白井社長問。翠理學姊故弄玄虛地挺直了身體，就像以前在電視上看到公布奧斯卡金像獎得獎者的頒獎人一樣。

「小田祐輔學長！」

聽到是連我也知道的知名校友，忍不住有點洩氣。對想要參加播報、朗讀項目比賽的翠理學姊來說（我也一樣），他當然是很了不起的學長，但受到剛才學長姊提到的那些人物的影響，我有點期待她可以說出讓我大吃一驚的人選，覺得原來也是我們學校的校友，說白了，就是類似遊戲中隱藏角色般的人物。

似乎並不是只有我感到失望。

「幹嘛？你們不要露出『就只是這樣』的表情好嗎？只有久米米一個人露出興奮的眼神。」

雖然翠理學姊表達抗議，但聲音仍然很明亮。聲音可以用明亮度來衡量嗎？

「沒有啦，我原本以為妳會想採訪ＪＢＫ的主播。」

蒼學長雖然一臉歉意地合起雙手，但仍然用失望的語氣回答。

「的確……我不知道這麼說是否政治不正確，即使同樣是在播報、朗讀項目中獲得出色成績，畢業後利用這項專長進入職場，如果是介紹從事傳統行業的人，評審的印象會比較好。雖然聲優是很受歡迎的職業，但因為太光鮮亮麗，經歷過的艱辛和努力的過程比較不容易被人看到，而且當事人應該也不想讓人了解。」

聽了翠理學姊的話，我認為這也是重點。以吹奏樂社為例，即使再怎麼努力練習，比起流行音樂，練習曲選擇古典音樂似乎更有得獎機會，即使流行音樂的樂曲難度更高也一樣。

如果認為在考慮這些因素的基礎上決定參賽題目也是一種戰術，但也覺得這種標準很莫名其妙。

「但正因為這樣，不是更想了解他們努力的過程嗎？」

地方縣市的高中生如何成為頂尖聲優，為眾多當紅動畫影片的主角或是主要角色配音，只要是廣播社的成員，即使不參加播報和朗讀項目的比賽，應該也不會有人對此不感興趣。

「但即使介紹天生就有才華的人……」

白井社長嘀咕道。

「妳是不是這麼認為？我就知道，我要給你們看一樣東西。」

翠理學姊說完，轉身走向牆邊。那個角落放了裝了門的櫃子，過去的作品、資料和精密的器材都放在那裡。她蹲在櫃子的抽屜前，從夾克口袋裡拿出鑰匙，插進最下方抽屜的鑰匙孔內。

喀嚓的輕快開鎖聲音讓人忍不住興奮雀躍。

翠理學姊走回來時，手上拿了一本陳舊的文庫本，放在桌子正中央。

那是赫曼·赫塞的《車輪下》。

雖然我看過書名和作者的名字，但從來沒有看過這本小說，所以不知道要花費多少時間和心力才能看完這本書。只不過看到這本文庫本雖然頁數並不多，但不難想像曾經多次閱讀，才會看起來有一定的厚度。

「《車輪下》該不會……」

久米用顫抖的聲音問道，看著翠理學姊。

「沒錯。」

從她們好像如獲至寶的表情，我也猜到了這本小說的主人是誰，以及曾經的用途。

「我曾經聽說小田學長當初就是朗讀《車輪下》，在朗讀項目中獲得了冠軍，就是這一本小說嗎？」

白井社長插嘴問道，但並沒有太感動的樣子。我忍不住在內心嘆氣，這句話該留給久米說啊。雖然我了解社長想速戰速決的心情。

「答對了，這本小說就是小田鼬，不，是小田學長在J賽獲得全國冠軍時的紀念品，但他特地留在學校，留給學弟妹參考。這本小說都放在那個抽屜內，那個抽屜的鑰匙向來都由歷任參加播報、朗讀項目的成員保管。」

室內的明亮中增加了溫暖的色調。

「是喔，我第一次聽說這件事。」

白井社長發出了佩服的聲音。

「不瞞你們說，我也是在暑假快結束時才拿到這把鑰匙，三年級的學姊說在整理時才發現了這本小說。」

翠理學姊把鑰匙也放在文庫本旁。鑰匙掛在鑰匙圈上，鑰匙圈上掛著JBK的官方吉祥物——豎起單側耳朵的兔子「沒錯君」。

「月村社長問了她的哥哥，她哥哥驚訝地說，你們竟然這麼對待廣播社的寶物！這也無可奈何，因為在社長的哥哥那一屆之後，廣播社就開始走『短劇青海』的路線，沒有學生報名參加播報和朗讀的項目。」

「有時候甚至沒有報名參加紀實類別的項目。」

蒼學長嘆著氣說。我原本以為每年都會參加所有項目的比賽。

「因為社團成員的人數太少了，但目前已經連續十年都進軍全國比賽，學長姊經過這些年也累積了很多經驗，所以很希望每個項目都可以有人報名參加，把這些經驗傳承下去。如果更早知道有這本小說……」

白井社長說到這裡，沒有繼續說下去。在座的所有人都猜到了她沒有說出口的那句話。如果更早知道有這本小說，翠理學姊或許在今年夏天的比賽中，就可以進軍全國大賽了。

「不，我並沒有這麼想。」

聽到翠理學姊的聲音，好像有一道光迎面照來，我忍不住眨著眼睛。

「如果在明年退社之後才知道有這本小說，那我可能會很失望，但幸好趕上最後一年。」

沒錯。我忍不住點頭。這種感覺是怎麼回事？為什麼會有這種好像可以看到聲音，聲音融入全身的感覺？

「可以借我看一下嗎？」

黑田學長把書拿在手上，才問翠理學姊。徒手直接拿嗎！久米雙手捂著嘴，好像對這件事感到驚訝。雖然我也有同感，但翠理學姊剛才從抽屜裡拿出來時也沒有戴手套。

「當然。」

翠理學姊鎮定自若地回答，黑田學長雙手拿著書，很自然地翻閱起來。

「這太猛了。」

黑田學長說完，把攤開的書交給坐在他身旁的蒼學長。

「即使是課本和參考書，也不會寫這麼多筆記。」

蒼學長說完，從頭開始重新翻閱。

「這裡也寫了筆記。原來在決定摘錄《車輪下》中哪一個部分時，並不是一開始就鎖定某個段落。雖然覺得他摘錄的段落很精彩，但如果要我摘錄的話，可能會選其他段落……喂，劇作家，你看一下啊。」

蒼學長跳過白井社長，把書交給了正也。正也沒有理會社長發出的「咦？」的叫聲，把書攤在桌子上，我們三個一年級學生都可以看到。我和久米探頭看著，但很小心沒有擋到正也的視野。

剛才聽學長說「筆記」時，我以為是寫了什麼文字，像是「充滿感情」之類的文字。雖然上面也有文字，但大部分都是符號，簡直就像在看樂譜，字行之間寫滿了符號。

我大致可以猜到看起來像是換氣和強弱變化的符號，但還有像是英文字母、波浪線、雙橫線等好幾種類的線，有一半以上都無法理解代表什麼意思。

「n是什麼意思？」

正也問翠理學姊。在劇本中代表旁白的意思，但在文字旁寫得很小的n這個字母不可能是相同的意思。

「我猜想應該是子音的發音方式。」

翠理學姊回答。

「五十音中的『ん』有兩種發音方式，分別是閉上嘴巴發出『嗯』的m音，和張著嘴巴發出『嗯』的n音。」

聽了翠理學姊的說明，發現「n」的確寫在「車輪（sha-lin）」這個單字的右下方。

「像是『淋巴（lin-pa）』這種在『ん』之後是爆破音時，因為嘴巴會閉起來，即使不需要特別意識，也可以發出明確的音，但發n的音時張著嘴巴，如果舌頭不抵住上顎，聲音就會變得很模糊，所以就必須特別小心。差不多就是這種感覺。」

翠理學姊以「倫理（lin-ri）」這個單字為例，實際示範了舌頭抵住上顎和不抵住上顎時發出的音。兩者的差異很微小，因為事先聽了她的說明，所以能夠聽出其中的差異，否則會覺得差不多。

在朗讀的時候，必須連這種細節都要注意嗎？

「看起來很像是英語的音標。」蒼學長說。

雖然會注意英文「a」的發音，但從來沒有想過日文中的「ん」會有兩種不同的發音，而且書上寫的英文字母並不是只有「n」而已。

「這些英文字母全都是音標嗎？」

我看得有點眼花繚亂，忍不住問。

「應該是。」

「翠理學姊，妳平時也都會注意到這些問題吧。」

「嗯，雖然了解理論，但在實際發音時，並不知道是否正確，而且也有一些我看不懂的符號，像是下一頁最上方的平假名『び（bi）』，我就看不懂。」

「會不會是代表顫音的vibrato的意思？」

白井社長問。

「如果是這個外來語，不是應該會用片假名嗎？」

正也回答，白井社長嘟著嘴說：「我又看不到是平假名還是片假名。」

「你們不覺得如果可以聽小田學長親自說明，不就超讚嗎？」

翠理學姊問，我用力點著頭，久米更是用我兩倍的速度，至少點了五次頭，好像完全忘記她還沒有針對自己的提案做簡報。

「會場內一定會響起最響亮的歡呼聲。」

黑田學長似乎也有意贊成。

「但是……」白井社長用完全沒有絲毫興奮的聲音說：「這些歡呼聲並不是針對我們的作品，而是對小田學長的歡呼。即使是這本留下他努力痕跡的文庫本，比起內容，聽眾會因為書的主人是小田颸而感到興奮。過度的歡呼聲會不會造成反效果？」

我既好像能夠理解社長想要表達的意思，又不太理解。今年夏天獲得全國冠軍的作品中，不是也有知名作曲家現身嗎？

「所以，還是回到原點，關鍵在於想要得到哪些人的支持。」

蒼學長好像在為白井社長補充般繼續說道：

「雖然會受到高中生，尤其是廣播社的學生盛大的支持，在影片播放的同時，會場就會響起歡呼聲，但是評審會納悶，這傢伙是誰啊。雖然很希望評審可以了解小田學長的驚人成就，但在九分鐘內，而且只播放一次，評審還必須針對作品評分的情況下，恐怕很難做到。即使我們帶著想要向了不起的學長取經的心情進行採訪，評審也可能只是憑表面的印象，認為我們只是以J賽為藉口去見偶像。」

「你的意思是說，如果要介紹名人，最好挑選評審也認識，而且給人務實的印象，又不會太有名的人嗎？」

黑田學長用緩慢的語氣問。他可能對一直坐著討論感到疲憊（厭煩？），但他的總結很精準。

「你說對了。」

「但應該可以藉由拍攝的方式，讓評審感受到我們很認真投入。比起小田學長是當紅聲優這件事，更強調他曾經是朗讀項目的全國冠軍，我猜想評審應該會留下好印象。」

翠理學姊沒有輕言放棄。我低頭看著仍然攤在面前的文庫本。這些像密碼般的記號都是努力的軌跡，很希望可以了解這些記號的意思，了解正確答案。翠理學姊內心的熱情一定是我的好幾倍，身為播報、朗讀項目的學弟，我想要投她一票。我要表示贊成。

「呃，我也可以發表一下意見嗎？」

正也語帶顧慮地說話時，舉起了手。白井社長請他發言。

「下一屆比賽時，我們會報名參加所有的項目，對嗎？」

「是啊。」

社長回答，似乎覺得事到如今，怎麼還在問這種問題。

「所有項目都希望可以進軍全國比賽，但這並不是終點，還希望進入準決賽和決賽……是不是這樣？」

「當然啊，不以冠軍為目標的作品無法進入決賽和準決賽，不，甚至沒辦法進入全國比賽。」

雖然社長有點激動地回答，但我不懂為什麼現在要討論這個問題。

「我曾經去ＪＢＫ禮堂實際看了決賽，所有項目的結果都會在那裡公布。先是紀實類別，然後是短劇類別，之後就是午餐時間，下午才公布播報和朗讀項目的結果。我當時帶著像去遠足的心情去看決賽，所以有時間吃便當，如果翠理學姊要參加播報項目的比賽，我想她會很辛苦。」

「啊！」翠理學姊最先發出了叫聲。

「播報項目除了事先寫好的稿子以外，還必須從上午公布的紀實類作品中挑選出一部作品加以評論，然後朗讀。」

「我也知道會有這個環節。」

白井社長雖然這麼回答，但從她臉上的表情可以發現，她並沒有了解正也想要表達的意思。我也不了解，但翠理學姊似乎已經發現了。

「如果我們的紀實電視類和翠理學姊參加的播報項目都進入了決賽，就會對翠理學姊很不利。」

「她可以挑選其他學校的作品來寫啊，而且不是從紀實廣播作品中挑選嗎？」

正也聽了白井社長的回答，露出狐疑的表情歪著頭。

「不，這不是重點，宮本擔心的重點是，評審先看了翠理接受曾經獲得全國冠軍，如今成為聲優的校友指導的影片，會戴著有色眼鏡看待翠理的臨場表現。」

蒼學長說。喔喔，我也終於能夠想像是什麼狀況了。

「即使翠理的表現很出色，評審也會覺得是因為接受很厲害的高手指導，用這種帶有偏見的有色眼鏡來評斷。」

白井社長抱著手臂，嘆著氣說。

「雖然我不知道會不會有偏見，但如果產生『那就來看看妳有多大能耐』的想法，翠理還沒有上台，就為她提高標準也很不妙。」

黑田學長也做出和社長相同的姿勢表達了意見。我不停地點頭。大家只想到紀實電視的問題，只有正也想到了J賽整體的問題。

他從空拍機的角度看問題。他是怎麼說的？鳥瞰的角度。正也的腦海中可能想像了每個人的題目在JBK禮堂播放時的情況，讓空拍機在禮堂內飛翔。

「我認為可以為了播報、朗讀項目而去和小田學長聯絡，但不要和紀實類作品混為一談。」

白井社長用主持人的口吻總結後，幽幽地說：

「早知道就不應該逞強，我也應該自己出錢去東京。」

我明年也要自己出錢去東京……不，等一下，如果作品獲選，校方會支付所有人的費用去東京。

我們不是為了這個目的在討論嗎？

翠理學姊把珍貴的文庫本放回原位後，大家補充了水分和糖分，繼續討論其他題目。

自從三年級學姊退社之後，零食就從廣播室消失了。

——我不希望這裡變成交誼廳。

白井社長在上任之初就如此宣布。不知道從哪一屆開始出現在廣播室內的漫畫也都收進紙箱，社長很想丟掉，但蒼學長制止了她，說那些是私人物品，結果就採取了折衷方案。可以帶保特瓶飲料和水壺到廣播室，翠理學姊有時候會請大家吃喉糖，沒想到今天竟然是白井社長請大家吃牛奶糖。

糖分滲入疲憊的大腦，大家又重新打起了精神。

接下來輪到久米。

「下一個題目是『克服難治之症』。」

白井社長看著久米說道，示意輪到她做簡報。「是。」久米用清澈的聲音回答後站了起來，抬起頭，挺直了身體，似乎進入了播報模式……沒想到下一秒，立刻垂頭喪氣地嘆了一口氣。

「不好意思，我在家裡寫好了稿子，也背了下來，為做簡報做好了準備，但聽了大家剛才的討論，發現這個題目有很多缺點……所以我希望可以讓我收回這個題目。」

「妳說出來聽聽嘛。」

黑田學長說。

「雖然大家都火力全開，但可以發現自己之前沒有意識到的問題，我相信對廣播社來說，還是很有收穫。」

黑田派的我和正也都看著久米點頭表示同意。

「不好意思，我竟然想要臨陣脫逃。」

久米深深鞠了一躬，再次端正了姿勢。

「我的朋友罹患了『克隆氏症』，這種疾病屬於罕見疾病，我是在聽朋友說了之後，才得知這種疾病。疾病的主要症狀是腹痛和貧血，但有些同學缺乏同理心，說她故意裝得很嚴重。我朋友說，比起疾病本身的症狀，周圍的人對這種疾病認識不足，導致對她缺乏理解更令她感到痛苦。於是我提出這個題目，原本是希望能夠讓更多人了解這種疾病。這個世界上有很多我們不知道的疾病，而且我們以後也有可能會罹患這種疾病，或是我們的朋友、家人也可能罹患這種疾病。雖然我們不可能了解這個世界上所有的疾病，但希望可以藉此喚醒大家多關心一下這些問題。」

久米說明完畢後，向大家鞠了一躬。當她低下頭時，視線停在我的左手手背上。這是我今天第幾次在不知不覺中，把手放在車禍受傷的膝蓋上？是不是每次都讓久米對自己的題目更加失去了自信？

我也不知道這種疾病，覺得這個題目很好。我要不要這麼說？

「但聽了大家剛才的討論之後，妳的想法改變了嗎？」

蒼學長問。我認為白井社長知道一旦她開口，久米一定會緊張害怕。黑田學長和蒼學長察覺了社長的想法，用輕鬆的口吻代替她表達了意見。

「首先，蒼學長剛才說，那種介紹我們學校有一個人很可憐，但是他很努力的故事，就完全無法產生任何共鳴，我認為這個意見一針見血。」

蒼學長拍著自己的額頭。

「雖然我朋友說，大家對疾病缺乏了解讓她很痛苦，但我沒有想到用這種方法介紹疾病，會讓別人產生怎樣的感想。更何況我也不知道朋友願不願意接受採訪。如果她的疾病已經痊癒，或許還不是太大的問題，但她目前還在對抗疾病，有辦法對著鏡頭說出內心的真心話嗎？而且在我向廣播社提出這個題目後，朋友也可能對我產生猜疑，懷疑我是否真的是為了她，希望更多人了解這種疾病，是不是為了能夠在比賽中獲得好成績，靠這個題目譁眾取寵？我完全沒有譁眾取寵的想法，但一旦用紀實電視的方式呈現，她會被推上風口浪尖。有些人聽了她痛苦的心情，或許會覺得她只是在發牢騷。原本的目的是希望大家從不了解到理解，但很可能會變成從不了解到誤解的結果。面對這樣的風險，我有辦法為她負責嗎？在我能夠百分之百斷言，自己可以為她負責之前，我認為不可以做這個題目。」

她會被推上風口浪尖。這句話在我的腦海中打轉。

「電視還是廣播，紀實類還是短劇類，」白井社長緩緩開了口，「即使想要介紹生病的人，是否讓對方出現在鏡頭前，就具有說服力？如果深受疾病折磨的身影反而會造成嫌惡感，讓觀眾不想看下去，有時候或許只透過聲音，更能夠傳達真正想要表達的內容。如果目的不是為了介紹病人，而是為了讓人了解疾病本身，也可以用短劇這種虛構的方式呈現。雖然這麼說，或許和我剛才說的話有點自相矛盾，但我們剛才是針對紀實電視的主題進行討論，即使在討論過程中發現了這個題目的缺點，貿然否定這個題目也為時過早。」

社長說完，對久米嫣然一笑，久米也露出鬆了一口氣的笑容。我很慶幸自己沒有說敷衍的安慰話，正確地說，是沒有機會說。

最後輪到白井社長。

「我不想錯過禮物年。」

這句話是白井社長簡報的開場白，她的簡報花了和之前六個題目相同的時間，最後決定「傳遞夢想，從過去到未來」這個題目將成為青海學院廣播社參加J賽紀實電視項目的參賽作品。

第三章　反駁

「聽說今年是第四名。」

良太看著運動場三百公尺的跑道說。以前自己來市民運動場訓練時，覺得這裡很大，但習慣了青海學院的操場後，就覺得其實這裡也沒多大。

良太說的第四名，應該是指三崎中學田徑社今年在全縣驛站接力賽中的成績。因為我們正坐在繞著運動場半圈設置的看台角落，看著參加那場比賽的學弟身影。

去年的成績是第二名，只差十八秒就可以進軍全國大賽。每次回想起當時的懊惱，就忍不住咬緊牙關，握緊拳頭。當時下定決心，明年一定要跑出好成績的這些學弟，不知道帶著怎樣的心情看待今年的成績。田徑社顧問村岡老師……穿著熟悉的運動衣，用熟悉的聲音激勵著學弟：「如果覺得快撐不下去了，就抬頭看天空。」

「是喔……你不覺得偶數總會令人很不甘心嗎？」

我不知道別人怎麼想，只是隨口說出了浮現在腦海的想法。我覺得第二名會有錯過第一名的懊惱，第三名有可以拿到獎狀和獎牌的喜悅，但第四名就會留下無緣得到任何獎勵的懊惱。

「我懂，我懂。」

良太轉頭看著我，笑了起來。之前我們兩個人一起聊天時，他渾身曬得黝黑，但不知道他是天生皮膚白，還是代謝很好，現在臉頰的皮膚比我更白，也許是因為天冷的關係，他的臉頰有點紅。

「啊，但是有時是前兩名可以進軍全國比賽，所以第三名也會很懊惱。」

我突然想起了自己目前所屬的社團準備參加的比賽規定。

「關鍵要看目標是什麼，是縣賽還是全國大賽，或是為下一場比賽累積好成績。到底要追求名次，還是成績；是結果還是內容，是團體還是個人。而且他們今年的成績比去年快二十秒。」

「如果去年是這樣的成績，就可以得冠軍了。」

「這倒是未必。因為今年的天氣很好，各大強校都以最佳狀態進入地區選拔賽，前三名都破了紀錄，所以在這種情況下還能得到第四名超厲害。」

良太淡淡地說道，我想起了去年的記憶。那是除了懊惱以外，進入縣賽前的記憶。

去年各大強校的選手因為出現脫水症狀和發生其他問題，都在地區選拔賽中失利，陷入很難預測哪一所學校能夠在縣賽中奪冠的狀況。

也許去年就是三崎中學的禮物年。不，這是指如果良太的腿沒有受傷的情況，但有這些「如果假設」的條件，就稱不上是禮物年了。

——我不想錯過禮物年。

腦海中響起白井社長的聲音。

雖然很少聽到有人說這句話，但我能夠想像其中的意思。假設有兩名日後成為日本職棒領頭羊的卓越選手同時入學，或是傳統的活動遇到五十週年、一百週年的重大年份。

今年夏天，在J賽紀實電視項目中獲得全國冠軍的作品，是在搬去新校舍時，偶然發現了簽名板，結果因此找到了知名作曲家。這就是所謂的禮物，因為並不是廣播社的成員事先聽說了簽名板的傳聞，費盡千辛萬苦終於找到之後衍生出來的故事。

成功當然需要努力，但我認為運氣也同樣重要。我只是用自己努力的方式投入社團活動就已經有這樣的感受，相信其他人也會有類似的體會。

沒有人問白井社長，禮物年是什麼意思。但是……正也代表大家舉手發問。

——今年田徑社的禮物是什麼？

好問題。我很想拍手叫好。根據「傳遞夢想　從過去到未來」的題目，以及白井社長不小心說漏嘴的話判斷，社長顯然希望將田徑社的驛站接力賽作為紀實電視的主題，只不過無法理解她為什麼說是「禮物年」。

青海學院高中田徑隊將出席下個月舉行的全日本高中驛站接力對抗賽，但並不是第一次參加這個比賽。雖然這兩年都無緣參加，但是全國晉級熱門高中的名稱仍然不變，五年前甚至曾經獲得全國冠軍。

今年也有辦法獲得冠軍嗎？答案是很難。雖然原本就沒有抱太大的希望，但我看報紙和網路上專家預測的冠軍高中，都沒有提到青海的名字，而且田徑社王牌選手的三年級學長在縣賽之後，大腿發生了肌肉拉傷，無法參加這次的全國大賽。

即使整個團隊無法獲得冠軍，是否有個人表現出色的選手？即使思考這個問題，也無法立刻想到理想的人選。這不就代表田徑社內沒有明星選手嗎？

雖然良太的臉一度浮現在腦海，但很快就消失了。雖然良太被選為參賽選手，但他是候補隊員。

但我的這種想法立刻被打臉了。白井社長環顧所有人後，看著我，說出了那個名字。

——就是一年級的山岸良太。

我怕一直注視社長，整個人會呆住，所以憋著氣，移開了視線，觀察其他人的樣子，頓時放鬆了肩膀的力氣。因為只有我和社長之間氣氛緊張，其他人都一臉目瞪口呆。

——他是誰啊？

蒼學長用完全狀況外的語氣問，白井社長當然不可能因為這樣就知難而退，只是露出不屑的眼神瞥了蒼學長一眼，好像在說：「你竟然不認識他？」

我帶著複雜的心情看著這一幕。既有點得意，覺得「沒錯沒錯，你竟然不認識良太？」又有種心癢癢的感覺，同時帶著冷靜的心情覺得，雖然良太是田徑社內出色的選手，但在學校內還沒有成為無人不知的明星選手，兩種心情交織在一起。

「怎麼了？我的牙齒沾到了什麼嗎？」

良太用手摸著嘴角問我。慘了。我應該又露出和在廣播室時相同的表情看著良太。

翠理學姊悅耳的聲音和說話方式好像會滲進整個腦袋，白井社長說話有著不同的震撼力。她的聲音會刺進腦袋深處，把一字一句刻進腦海，即使過了很久，只要精神一鬆懈，就會鮮明地回想起社長說的話和當時的狀況。

「不，我只是覺得你練習很忙，還要接受廣播社的採訪，真的很不好意思。」

雖然這是我臨時想到的話，卻也是我的真心話。

「參加驛站接力賽的所有人不是都會接受採訪嗎？你們還願意採訪我這個候補選手，我才有點那個，是不是叫誠惶誠恐？對，就是這樣。」

良太靦腆地笑了起來，我內心有點隱隱作痛，忍不住自責，沒有對他說出一切是否太卑鄙了？我並沒有說謊，廣播社的確會採訪包括其他候補選手在內的所有參加驛站接力賽的成員。

但是，不說實話真的比較好嗎？

真的不能告訴良太，其實他才是主角嗎？

白井社長向社團的其他成員說明了為什麼是良太的原因。

——在各社團的社長會議上，田徑社的新社長森本告訴我，一年級的山岸良太超越了二年級生，是田徑社長距離組的新王牌選手，而且每跑一次，就刷新一次紀錄。只不過他雖然是今年驛站接力賽的成員，卻不是正式隊員。因為三年級有好幾個跑得很快的選手，但其中一人受了傷，所以空出一個名額，幾乎可以確定是由山岸遞補。

良太已經有這麼出色的表現了嗎？我在感到佩服的同時，也有一絲惆悵。我並沒有完全放下對田徑的不捨，但已經不會去想如果自己也加入田徑社，如果當初沒有遇到車禍這種問題。

自從告訴良太，我開始用LAND之後，我們經常用手機聯絡，但是從比我和良太更不熟的人口中，得知我所不知道的良太，就會覺得良太離我很遙遠。

我和良太並不是完全不聊田徑的事。良太之前在全校大會上領獎，我曾經傳了「恭喜」的訊息，良太回傳了有很多謙遜表情符號的「謝謝」。

但良太傳給我的訊息都是和田徑無關的話題，像是出了新的漫畫，或是漫畫拍成了動畫，還有某個角色的聲優很棒……因為彼此的關係不再密切，所以忍不住懷疑，是否因為我加入了廣播社，所以他避免主動談田徑的事？這種懷疑越來越強烈，結果更拉開了和他之間的距離，陷入了惡性循環。

——一年級參加全國大賽的確很厲害，但稱得上是禮物年嗎？

蒼學長用興趣缺缺的語氣問。我在覺得「不愧是良太，太了不起了！」的同時，又覺得因為我了解良太，所以才有這種感想，完全不了解白井社長這麼重視良太的原因。

——你聽完我的簡報再說。

白井社長絲毫不為所動地繼續說了下去。

——也許在其他學校，一年級生參加全國大賽並不稀奇，但我們學校有推甄入學的運動資優生，即使在中學時代是學校的第一名，也很難馬上成為正式選手。話雖如此，青海並不是第一所有一年級的學生參加全國大賽的學校，十五年前的村岡壯一選手才是第一個，他之後參加了新年驛站接力賽。

村岡老師！

——村岡選手目前在山岸的母校三崎中學擔任社會老師，同時也是田徑社的顧問老師。

良太或許可以繼恩師村岡老師之後，成為第二個登上相同舞台的人。這稱不上是什麼引人注目的關係，這種程度的話題性搞不好連地方版報紙也不會報導，但我對這件事羨慕不已。

我很想告訴別人。比方說，村岡老師的學生……

「沒想到村岡老師在一年級時就已經是正式選手了。」

良太的視線再看向運動場。原本以為他早就知道這件事，沒想到良太從我口中第一次得知這件事。據說田徑社內避談誰是靠運動成績推甄入學，或是和知名學長有什麼關係這種和當事人實力無關的事。也許正因為這個原因，田徑社的社長才會想告訴外人。

村岡老師正在和列隊的田徑社成員說話，正常說話的聲音無法傳到這裡，但不難想像，他正在說一些之前也曾經對我們說的話。

「老師在指導的時候總是長篇大論，但幾乎沒有提過自己選手時代的事，他明明有許多可以吹噓的事。」

「這就是村岡老師值得尊敬的地方。對了，圭祐，你們要採訪老師什麼？田徑社內只有我一個人是三崎中學的畢業生。」

「不是因為他是你的恩師，而是希望他以曾經參加過全國大賽的青海田徑社校友身分，對學弟們說句話，目前考慮從這個角度發問……老師還沒有同意接受我們的採訪，今天算是來正式拜託他。」

原本打算向村岡老師充分說明企畫的意圖後再拜託他接受採訪。

「我在場也沒關係嗎？」

「當然啊，村岡老師說，既然機會難得，就約你一起去他家吃飯。」

我之前傳了電子郵件給村岡老師，向他說明廣播社打算採訪田徑社，也想採訪一下老師的意見，是否可以和他見面，當面拜託他這件事，結果村岡老師就回覆了這樣的內容，邀我和良太一起去他家吃飯。我難以啟齒說，希望於良太不在的情況下和他談這件事，於是就和良太兩個人來到這個熟悉的地方等老師。

「如果是其他學生，不知道村岡老師會不會答應，既然是你拜託，他絕對會答應，而且我相信有些故事，只有你能夠從他嘴裡挖出來，就好像去年也是你問出了老師沒有讓我參加縣賽的真正原因。」

良太似乎用自己的方式解釋了我臉上愧疚的表情。

「不知道……」

我露出不置可否的笑容，然後故意看著運動場的方向嘀咕說：「有不少陌生面孔。」

——評審應該很喜歡這種師徒關係。

蒼學長也改變了說話的語氣，似乎覺得這是個好題材，但單手托腮，注視著半空中的某一點，似乎正在思考用適當的語言表達。

翠理學姊開了口。

——好像之前也曾經有過顧問老師是校友的題材。

雖然翠理學姊難得表達反對意見，但即使我沒有看過以前的作品，也覺得她說的情況很有可能發生。而且正也嘀咕著「是啊」表示同意，久米也點著頭。

——這就變成只是報導有出色表現的運動社團，沾別人努力的光。雖然這句話有點老派，但不就是在利用別人嗎？

蒼學長看著白井社長，似乎在向她確認。

——更何況萬一山岸沒有成為正式選手怎麼辦？難道就配上一些冠冕堂皇、不負責任的旁白，說什麼雖然他無法像曾經是學長的恩師一樣，但明年一定要成為正式選手。很期待他能夠帶著這份懊惱，在賽場上更加活躍之類的，用這種方式作為結尾嗎？原本明顯是期待他能夠留下亮眼的成績進行追蹤報導，卻因為他沒有出色表現，於是就改變方向，用高高在上的態度，得出努力的過程比結果更重要的結論，這種作品不僅有機會進入全國大賽，甚至可能進入準決賽，但這真的是我們想要製作的作品嗎？

這個題目也遇到了和之前討論其他題目時相同的問題。就連我也感受到這件事。

——我的簡報還沒有結束，而且接下來的內容必須在徵求某個人同意的情況下進行。

——徵求誰的同意？

白井社長沒有看發問的蒼學長，而是將視線固定在我身上。雖然剛才並不是在討論和我無關的人，但在白井社長的注視下，我坐立難安，驚慌失措。

——我、嗎？

——對。因為我希望由你採訪山岸和村岡老師。

——這……

我屏住了呼吸，正也代替我發出驚叫聲。白井社長到底是在對我有多少了解的情況下提出這個提案？社長目不轉睛地看著我。

——如果我說到你不想提及的事，可以隨時對我喊停，不要有任何顧慮。而且我也要先說明，我剛才說的禮物年，只是指山岸和村岡老師的關係。

——喔……

我不知道自己在回答還是嘆氣。白井社長的開場白似乎在暗示她知道包括我遇到的車禍在內的很多事，我很想馬上對她喊停，但是中途打斷她事先做了充分準備的簡報，是不是很沒禮貌？基於這些想法，我小聲回答說，沒問題。

關於我的事，白井社長的了解不可能超過我自己，所以沒必要擔心。

——首先，我按時間順序說明。我從田徑社的新社長森本口中得知相隔十五年後，可能會有一年級學弟參加全國驛站接力賽，於是對山岸產生了興趣。因為森本還告訴我說，在山岸中學田徑社的顧問老師之後，就不曾有一年級的學生成為正式選手。我認為這是個好題材，為了了解山岸，我上網查了他在中學時代的表現。結果發現三崎中學在去年的縣賽中，獲得了第二名的成績，只差十幾秒就可以進軍全國比賽。

我很想喊停。

——於是我又看了個人成績的頁面，想知道山岸是否獲得了區段獎，結果在所有區段中，都沒有找到山岸的名字，卻發現了町田圭祐的名字。他在區段中獲得第二名。我大吃一驚，以為是同姓同名，但我想應該就是町田……我想起了町田的腳……我可以繼續說下去嗎？

——可、可以。

雖然心跳加速，但還沒有問題。我並沒有向廣播社的人隱瞞我的腳有問題這件事，在分工的時候，也經常安排我負責不會對腳造成負擔的工作。我反而想到至今為止，從來沒有人問過我腿受傷的原因，才想到大家可能在默默關心我。

之前一直以為二年級的學長姊都很酷，說話只說重點，對我這種人根本沒有興趣，但原來他們並不是這樣。

——即使之前就發現町田的腿不方便，我也從來沒有想要打聽其中的原因，但得知他在去年的驛站接力賽之後可能發生了什麼事，就立刻想到之前聽說有新生在錄取榜單公布當天發生了車禍。

啊，就是那個新生？除了白井社長以外的所有二年級學長姊都露出了這樣的表情。

——所以我當時決定放棄報導山岸。

謝謝。我把這句已經衝到喉嚨的話吞了下去。因為實際結果並非如此。

「對了。」

良太好像突然想起了什麼，聽到他的聲音，廣播室的情況從我的腦海中消失了。

「什、什麼？」

我驚慌失措地回答，他可能會誤會我在想什麼不好的事。

「廣播社的女生在之前的馬拉松比賽中抽中了空拍機，後來怎麼樣了？」

連良太也知道這件事嗎？

「目前正在使用啊，很好玩。我們拍了操場上的社團活動，對了，我好像從來沒有看到過你。」

「因為驛站接力賽組通常都在校外跑步。」

「對喔，我想起以前快要比賽時，老師還帶我們去和實際場地很像的地方去跑步。」

說完之後，我有點害羞。因為只是一年前的事，我竟然用了「以前」這個字眼，而且自己並沒有太大的成長。

「對了，你要不要看影片？」

我從上衣口袋裡拿出手機，播放了之前拍攝後留下來的影片（正確地說，是用久米的手機拍到不錯的影片後傳到我的手機上）給良太看。

「喔，喂，這也太厲害了！」

良太注視著螢幕驚叫起來。原來良太也會用這種興奮的語氣說話。他激動的樣子讓我有點驚訝。

「你還可以看其他的。」

我把手機交給良太。

「我原本看得很開，覺得自己追求的是成績，獎品無所謂，但真希望可以抽中更好的獎品。田徑社還有另外五個人參加了馬拉松比賽，所有人都是安慰獎，手氣簡直差到爆。」

原來他興奮時會滔滔不絕，良太列舉了田徑社成員抽中的獎品，但臉上並沒有太懊惱的表情。

「社長的五公斤米已經算是最好的獎品了。」

就是那個大嘴巴森本社長。我忍不住想道。良太開始播放下一段影片。

——既然這樣，為什麼又決定用這個題目？

蒼學長問白井社長。這是我最想問的問題。

——你們不是在操場上操作空拍機嗎？森本在下課時特地來我班上找我說，這根本是浪費町田圭祐這個人才。

——他對我說，既然町田在廣播社只是玩樂，要我以廣播社長的身分說服他加入田徑社。

——練習空拍機攝影並不是在玩。

黑田學長不悅地插嘴說。

——現在不必吐嘈這件事。

白井社長輕鬆迴避了黑田學長的吐嘈，又環顧所有人，最後將視線停在我身上。

——我猜想森本應該不知道町田的腿受傷的事，所以就對他說，町田圭祐是廣播社的明日之星，叫他千萬不要打町田的主意。

白井社長試圖保護我，而且設法隱瞞我曾經遭遇車禍這件事。

——沒想到。

社長抬起頭，對除了我以外的人說。

——森本竟然告訴我，町田已經拒絕了田徑社。

除了白井社長以外的二年級學長姊聽了之後，全都露出驚訝的表情看著我。我不知道該露出怎樣的表情面對，只好低下了頭。

——雖然他曾經遭遇車禍，但在暑假動了手術之後恢復很順利，所以田徑隊的顧問原島老師問他願不願意加入田徑社，這樣也有助於復健，但町田說，他想在廣播社好好努力，所以拒絕了。

——你真的這麼回答嗎？

蒼學長問，我低著頭回答：「對。」我覺得很丟臉。白井社長似乎很感動，興奮地繼續說了下去。

——我一直誤會了町田。雖然他從來不請假，每次社團活動都不缺席，但我一直以為他和宮本或是久米不一樣，因為沒有其他想做的事，所以才來廣播社。沒想到他認真思考要在田徑社還是廣播社努力之後，最後選擇了廣播社，這件事讓我很高興，同時也很想透過町田這個廣播社成員的眼睛看田徑社。如果是町田拍攝的田徑社，做出來的作品一定不會變成只是蹭成績出色社團的熱度。即使山岸最後沒有成為正式選手，也不會用一些不負責任的旁白收場，一定可以用全新的角度呈現以前任何一所高中都不曾發現的田徑社，不，是其他社團的樣貌。

沒想到經過長時間的討論，最後我被推上了風口浪尖。我知道學長姊在稱讚我，不過，對我的期待簡直太抬舉我了，這讓我感到壓力沉重。

我的確選擇了廣播社，但做了這樣的選擇之後，就能夠毫無抵抗地面對田徑嗎？

我能夠心平氣和地聽良太談田徑嗎？

我還無法看得這麼開……

「這段影片太讚了，比電視上看到的更震撼。圭祐，原來你除了聲音很好聽，在攝影方面也很有才華。」

良太興奮地將手機出示在我面前。我有點害羞地看向手機螢幕，橄欖球隊員正在搶球的影像映入眼簾，我也好像承受到強大的撞擊力。

「喔，這是二年級的學長拍的。」

這是我請黑田學長傳給我的幾部影片之一，作為攝影的參考。

「是嗎？不愧是二年級啊。」

良太慌忙掩飾道。其實我和黑田學長同時開始學空拍機。

「雖然我努力模仿，但還是拍不出他那種感覺，是天生的感性嗎？」

我也看向那段不會令人產生嫉妒和自卑，完全就是值得尊敬的影片。你還要看其他的嗎？我播放了拍攝足球社的影片。在西斜的夕陽下，良太把臉貼近螢幕，然後微微歪著頭說：

「雖然足球社的影片也拍得很好，但還是有點不一樣。那個二年級的學長以前打過橄欖球嗎？」

「不清楚。他的體格很像是橄欖球選手，我在剛進社團時，還在暗地裡叫他『橄欖球學長』，但我沒聽說這附近有哪一所中學有橄欖球社。你為什麼這麼問？」

「我也不知道，只是乍看之下的第一印象？剛才那段橄欖球社的影片有一種驚心動魄的感覺，啊，我知道了，有一種鏡頭好像比選手的動作快零點幾秒的感覺。」

零點幾秒……曾經為長跑的成績相差零點零一秒一喜一憂的自己，一年之前曾經在眼前的運動場上奔跑。我再度播放了橄欖球社的影片，的確就像良太說的那樣。

「我下次問學長看看，或許學長可以提供一些攝影方面的建議。對了，我們之後要拍田徑社的練習，如果拍到不錯的影片，我再傳給你。」

「是二年級的學長拍嗎？」

「大部分應該都是由他拍攝。」

「是喔，但我很想看你拍田徑社的影片。」

這是因為我以前曾經是田徑選手，還是……

——我想拍這個主題。

黑田學長嘟噥道。

——是嗎？

白井社長問，似乎在向他確認。

——剛才在討論私立學校的優點時，我就想到要拍運動選手。未必要去找畢業生，青海在校生中也有很多出色的選手。雖然我對驛站接力賽不太了解，但拍他們應該很有意思。

——那我也贊成。

蒼學長也舉起了手。所以？

——我們可以帶著切身的感受拍這部影片，而且無論學生和評審，應該都會對驛站接力賽的主題很有興趣。

——你終於了解我的意圖了嗎？

白井社長和蒼學長、黑田學長擊掌。

——等一下，圭祐，你的看法呢？

正也代我說出了內心的慌亂。白井社長剛才還不時徵詢我的意願，但現在好像突然把我晾在一邊了，而且他們討論得這麼熱烈，我怎麼可能潑冷水？

——町田……

黑田學長慢條斯理地開了口，打了一個很大的呵欠。

——如果町田排斥採訪，可以之後再進行採訪工作，或是交給白井或翠理負責，我們先用空拍機拍田徑社，我只是不知道該怎麼拍那些悶著頭跑的傢伙。

悶著頭跑？我忍不住感到火大，但這種心情在內心膨脹之前，腦海中浮現了良太跑步的身影。那是我媽用手持攝影機拍的影片，然後高度迅速拉高，變成鳥的視角。強而有力、重心穩定的軀幹，還有手臂的擺動……

——我想拍！

我忍不住這麼宣布，但是討論並沒有結束。

「那就由我特別為你拍攝吧。」

我用開玩笑的語氣對良太說，然後咧嘴一笑。

運動場的夜間照明亮了起來。等一下還有其他團體要來這裡訓練嗎？

「嗨，讓你們久等了。」

村岡老師從市民運動場的辦公室和我們座位之間的地方跑過來，向我們打招呼，田徑社的人都三五成群走向更衣室。

「我去收拾一下東西就可以走了，你們先去停車場等我。」

聽到老師這麼說，我站了起來，肚子發出了咕咕的叫聲。

「不知道晚餐吃什麼？」

良太看著我笑著說道。村岡老師第一次招待我們去他家。

村岡老師家位在離市民運動場二十分鐘車程的住宅區，玄關的門上掛著有銀色松果和紅色緞帶的聖誕花圈，走進門後，客廳角落也有一棵差不多和我一樣高的聖誕樹。

村岡老師有兩個孩子，分別是五歲的女兒和三歲的兒子，兩個人看到剛回家的父親，還來不及說「爸爸回來了」，就央求著要和大哥哥一起吃晚餐。

餐桌上，以烤盤為中心，已經做好了烤肉的準備。

「這兩個小鬼在旁邊吵也沒問題嗎？」

老師的雙手各抱了一個孩子問我們，我和良太同時回答說：「沒問題。」然後互看一眼笑了起來。雖然我沒有問良太，但我相信他看到村岡老師卸下老師的身分，臉上露出父親的表情，內心也感到溫暖和溫馨。

我把背包放在房間角落時，想到自己帶了伴手禮。白井社長問我村岡老師是否同意接受採訪時，我告訴她，老師邀請我們去他家作客，於是社長為我準備了這份禮物。

我把用金色星形貼紙封起的紙袋交給了師母。

「這是糖霜餅乾。」

我只是轉述了社長的話，並不知道那是怎樣的餅乾，難道要冰過之後再吃嗎？

「你不必這麼客氣。」

「這是廣播社社長的……自己做的。」

雖然白井社長好像媽媽教小孩一樣指導我，說如果對方推辭，就要這麼說，但我回答時，自動省略了社長的「媽媽」這兩個字。

「是這樣啊。」師母笑著拆開了紙袋，臉上的笑容更加燦爛了。兩個孩子也跑了過來，師母把一塊塊餅乾放在客廳的玻璃茶几上。

好可愛。兩個孩子叫了起來。

聖誕樹、聖誕老人、麋鹿、長靴、禮物盒，每種形狀的餅乾各有兩片，上面灑了五顏六色像是砂糖的東西。每片餅乾都裝在透明袋子裡，袋口用金色緞帶綁成圓圈狀。

「這可以掛在聖誕樹上當吊飾。」

師母說完，讓兩個孩子把餅乾掛在聖誕樹上，兩個孩子也沒有為不能馬上吃餅乾感到不滿，反而對可以把真正的餅乾掛在聖誕樹上感到很興奮。

喔。我佩服地看著他們，村岡老師也向我道歉，良太也說：「感覺很棒喔。」於是我拍了一張聖誕樹的照片，準備回去向社長報告這件事。

溫馨的氣氛一直延續到餐桌上。老師叫我們不要客氣多吃點，我和良太完全沒有客氣，和老師的孩子一起搶肉，吃得肚子都撐了，差一點忘了今天約老師見面的目的。

幸虧老師還記得這件事，吃完飯後，老師帶著我和良太回到客廳，師母為我們泡了熱咖啡。

「所以並不是以良太為主角，由我這個青海田徑社的校友，同時也是中學時代顧問老師談論良太，同時為他加油打氣，對嗎？」

老師向我確認。

「對，希望老師對青海田徑社的學弟、驛站接力賽的所有成員說一些激勵的話……」

雖然這是事先準備好的說詞，但我對自己是否能很流暢說出這句話沒有自信。

「激勵的話嗎？」老師抱著手臂沉思起來，他的兒子把浴巾像斗篷一樣披在濕答答的身上，從浴室衝出來，從背後跳到老師身上，暫時進入了親子時光。

良太從追出來的師母手上接過睡衣，津津有味地看著他們。

——我可以發表一下意見嗎？

在廣播室的討論會上，有人對把良太作為主角這件事提出了異議。到底是誰提出了反對意見？我在判斷時猶豫了一下，然後用刪去法知道是翠理學姊。

我一直以為翠理學姊平時說話的聲音也像主播，那時候我才第一次發現，原來是她平時刻意用那種聲音說話。但她說接下來這番話時，又恢復了主播的聲音。

——我也贊成透過町田的眼睛看田徑社的方案。雖然黑田建議由町田拍攝，但因為我沒有參加運動社團的經驗，所以很好奇町田會寫出怎樣的旁白。我認為這部作品可以由町田來寫旁白。

翠理學姊又提出了更高的要求。學長姊都太高估我了，而且突如其來，我完全沒有心理準備。我並沒有一下子變得很優秀。我知道了，這就是白井社長所說的對我的評價，是別人眼中的我。

我眼中的田徑社、良太、村岡老師……許多人，而且都是對田徑不太了解的人會在看了之後進行評價。我突然覺得壓力很大。

正因為我感受到這種壓力，所以完全同意翠理學姊接下來說的話。

——我們決定誰成為主角，會不會對田徑社選拔正式成員產生影響？候補選手並不是只有山岸而已，新年的驛站接力賽時，不是在比賽當天才更換選手嗎？到了比賽當天，才知道會由誰上場，而且由教練一句話決定。原本這件事充滿緊張感，我們這些不是田徑社的人，可以自說自話地創造一個明星選手嗎？不是要等到比賽結束之後，才知道是不是禮物年嗎？

說句心裡話，我之前完全無法想像翠理學姊會這樣明確反駁白井社長的意見。之前只有蒼學長能夠反駁白井社長，但他們兩個人的想法很相似，所以通常最後都會支持白井社長的意見。翠理學姊總是在一旁露出溫暖的關切眼神，黑田學長則是個性開朗，有點怕麻煩。這就是我對二年級的四名學長姊的認識。

但是，翠理學姊的意見很中肯。

成為廣播社的採訪對象，會對當事人產生怎樣的影響？

——我認為原島老師不是會受這種事影響的人。

沒想到竟然是黑田學長嘀咕著回答。

——雖然我很不想說這種自滅威風的話，但至少青海學院內沒有任何一個社團會因為接受了廣播社的採訪而改變方針。

社長親口承認了廣播社在校內很沒有存在感。我也點頭同意他們的意見。

但是我突然想起一個畫面。那是去年在三崎中學公布參加驛站接力賽縣賽成員的時候，良太沒有被叫到名字。雖然事後了解了真正的原因，但當時以為是其他選手因為家庭因素的影響而取代了良太，良太體會了難以釋懷的不甘心。

——那個……

我戰戰兢兢舉起了手。

——即使原島老師能夠公平地決定選手，沒有中選的選手可能會認為是廣播社的原因導致那樣的結果。因為越是失意的時候，越想要尋找自己可以接受的理由。即使是因為自己實力不足，一旦發現其他原因，在沮喪的時候，就可能會怪罪那個原因。

我在說話的同時，知道自己很有心機。我擔心的並不是落選的人，而是當良太好不容易成為正式選手，如果有人說是因為廣播社採訪他的關係，或是中學時代的顧問是村岡老師的關係，以及原島老師和村岡老師讀同一所大學，交情很好的關係，他就無法發自內心感到高興。

我很擔心任何會造成扯良太後腿的可能性。

沒想到白井社長沒有反駁。她點了點頭，提出了以下的意見。

——你們的意見很有道理。那就不要採訪個人，要求田徑社同意我們平等採訪參加驛站接力賽所有選手。翠理說的沒錯，比賽結束之後，才知道是不是禮物年。如果一開始就過度鎖定目標，一旦事態沒有朝向我們希望的方向發展，就可能無法收拾。如果先大範圍採訪，然後按照事態的發展逐漸縮小範圍，無論最後是怎樣的結果，我們都能夠很有彈性地因應。你們認為這樣可以嗎？

這樣應該沒問題。翠理學姊回答。我也點頭表示同意。

白井社長也向正也和久米確認，決定「傳遞夢想 從過去到未來」這個題目參加比賽是否沒問題。長時間討論終於結束，我放鬆了肩膀的力氣。

然而……我當時雖然發現自己內心隱約有一絲鬱悶，卻不了解因何而來。既然這樣，我其實可以在回家路上和正也、久米聊一下，只不過我也想不到該如何發問。

啊，原來是因為這個原因。直到回到家裡，獨自在自己房間內時，我才終於知道自己鬱悶的原因。

我當初是因為想參加田徑社，所以才報考青海學院。雖然我無法以田徑社成員的身分進入我嚮往的地方，卻能夠以廣播社成員的身分，踏進那裡進行採訪。然而，我不會有興奮雀躍的感覺。黑田學長提議由我來拍攝，我也很想拍，但我想拍的是良太跑步的身影，並不是其他人。如果把焦點放在驛站接力賽所有參賽者身上，根本不需要透過我的眼睛去看。

想到這裡，我忍不住重重地嘆了一口氣，剛好收到白井社長用LAND傳來的訊息。她不是傳到廣播社的群組，而是傳了私訊給我。

『町田，你只要專心採訪山岸和村岡老師就好。』

社長該不會比我更早發現我鬱悶的原因？

問題在於很難以平等採訪參加驛站接力賽所有選手的名義，請良太和村岡老師接受採訪，而且我也不知道能不能問我真正想知道的事，更何況這好像在欺騙他們，讓我心生內疚。

「好，穿好了！」

村岡老師把兒子睡衣下襬全都塞進睡褲，然後把睡褲拉到肚臍上方後，拍了一下兒子的屁股，他的兒子就像一顆球一樣蹦跳著離開了客廳。

「不好意思，打斷了剛才的談話。」

老師露出嚴肅的表情，轉身面對我的方向。

「對了，這是一部紀實作品吧？作品的核心主題是什麼？青海田徑社參加全國比賽並不是什麼稀奇事，也有其他社團的表現很活躍，你們為什麼想要介紹田徑社的故事呢？」

村岡老師不知道一旦良太成為正式選手，就是繼他之後，相隔了十五年，終於又出現了一年級生成為正式選手的人選嗎？但是，如果老師知道這就是核心主題，我就會很傷腦筋。

我思考著該怎麼回答，突然發現這不是重點，於是注視著老師說：

「因為我中學時代曾經參加過田徑社，是驛站接力賽的選手。」

嗯？老師皺起了眉頭，良太也露出嚴肅的表情。我簡單扼要地重複了白井社長向大家說明我的情況時所說的內容。

「圭祐，你是心甘情願接受了這次的任務，對嗎？」

老師鄭重地向我確認。

「對，因為我在想，或許可以從和選手不同的角度認識田徑。同時我也覺得讓我有機會思考日後和田徑之間的關係。」

白井社長是否為了我提出這個題目？難道是我想太多嗎？

「原來是這樣，如果要問誰和田徑有關，除了選手以外，我只想到指導的教練，原來還可以推廣田徑運動。好，那你就盡情採訪我，我會知無不言，言無不盡。」

老師拍著胸腔說道，我很自然地向他低頭鞠躬，說了道謝的話。只要想像一下，就知道村岡老師必定會欣然答應，早知道應該事先準備採訪大綱。我很希望自己可以當場想出一個讓老師刮目相看的問題，可惜想不出來。

我沒辦法寫出新聞報導的稿子吧。先不談這件事。

我決定放棄在村岡老師面前打腫臉充胖子。

「我接下來要寫採訪稿，其實我當初想做這個題目，起先是想拍田徑的影片，後來才想到可以從不同的角度認識田徑，所以稿子……」

我只能拚命抓頭。

「對了，圭祐，你可以給老師看那段影片。」

良太說道，為我解了圍。

「那段影片？」老師歪著頭納悶，我打開了手機的影片，遞到老師面前。

「我最近迷上了空拍機。」

我按下播放鍵。

「喔喔，這也太厲害了。」

老師從我手上接過手機，時遠時近地看了起來，不時發出「哇噢」、「喔喔」的感嘆聲。他興奮的樣子看起來不像老師，也不像父親，而是像我們高中生，甚至是更小的孩子。

「我可以看一下其他影片嗎？」

老師雙眼盯著手機螢幕問，我回答說：「請隨便看。」

「這個操作方式和無線電遙控飛機一樣嗎？」

「不知道，我沒有玩過無線電遙控飛機。」

「這樣啊……我也是因為小時候住在附近的同學剛好有，我借來稍微玩了一下，真的很好玩。」

老師在說話時，點開了一段又一段影片。

「哇，這也太驚人了。」

老師興奮地說。因為已經有良太的經驗，我大致猜到是哪一段影片。探頭一看，果然不出所料，是黑田學長拍橄欖球社的影片。

「這是二年級的學長拍的。」

我冷靜地告訴老師。

「這樣啊。」老師看著我，終於把手機放回桌上。

「沒想到現在的高中生已經用空拍機拍攝了，果然已經進入了高科技時代。」

「只是最近才開始用，是之前參加三崎友好馬拉松抽中的獎品。」

「原來就是那一次！」

老師拍著手。在抽中空拍機時，老師也在抽籤會場。

「我記得……她是五本松中的久米。原來她去了青海，她好不容易抽中了特等獎，轉送給廣播社嗎？」

聽了老師的問題，我想了五秒鐘。

「久米沒有參加田徑社，和我一樣，參加了廣播社。空拍機是久米的，基本上也是用她的手機拍影片，然後再轉傳給我們。」

「原來是這樣。」

「老師，你連其他中學田徑社成員的名字也都記得嗎？」

「並不記得所有人的名字，我記得久米是跳遠選手，但曾經看過她跑步，我覺得她可能適合長距離，於是就記住了她。在馬拉松大賽時看到她領獎，覺得我果然沒有看走眼……原來她進了廣播社。」

老師的臉上露出了遺憾的表情，我忍不住想，如果久米以前也是三崎中學的學生……

「話說回來，五本松中以松本兄妹為中心，有很多長距離好手。各個學校能夠報名參加每個項目的人數固定，所以她應該選了能夠確實參加比賽的項目。」

五本松中是田徑強校，我也記得松本兄妹。松本哥哥比我大一屆，妹妹和我同一屆，在領獎時經常在前幾名就聽到他們的名字，而且他們兄妹外表也像模特兒一樣瀟灑帥氣。

「松本哥哥是我的學長，但妹妹好像並沒有進入青海。」

良太補充說明。

「這樣啊……對了，沒有田徑社的影片嗎？」

村岡老師再次拿起了我的手機。

「很遺憾。」

「但下次圭祐要拍我跑步的樣子。」

良太得意地說。

「那很棒啊，你來採訪的時候，可不可以順便為三崎中的學弟也拍一下？」

良太聽到村岡老師這麼說，立刻問老師從哪個角度拍，更有助於確認姿勢。我也伸長了耳朵，覺得要專心聽。

我和良太正一起接受村岡老師指導田徑方面的事。之前已經放棄，以為再也不會有這麼一天了。

因為是平安夜，結業典禮那一天的社團活動，只是確認了寒假的行程，不到一個小時就結束了。

之後，我和正也按照事先的約定，去了ＫＴＶ。不知道是否放學後能夠去玩的地方有限，排隊等包廂的都是青海學院的學生，而且排在我們前面的竟然就是二年級的學長姊，只是少了一個人。

「翠理學姊沒有來嗎？」

正也問白井社長。

「對，她說已經約了別人。你們不是也少了一個人嗎？久米米呢？」

「久米也說約了別人，啊，但不是男朋友，只是普通朋友。」

不知道為什麼，正也對著黑田學長說了後半句話。學長看起來根本不在意這件事。

「這樣啊，所以你們都沒有女生約。」

「社長，妳不是也和這兩位學長一起來，哪有資格說我們？還是說，妳和哪一位學長在交往嗎？」

我很佩服正也能夠面不改色地這麼問。到底是哪一位？我好奇地看著兩位學長，兩位學長都用力搖著頭和手，表示「沒這回事，沒這回事」。

「無論怎麼想，都不可能有這種事。」

白井社長斬釘截鐵地鄭重澄清。

最後，我們五個人走進同一間包廂，有一種包廂變成縮小版廣播室的感覺。我們點了飲料，點了每個人要唱的歌，當蒼學長最先唱起當紅偶像團體推出的新歌時，白井社長雖然和我之間有一小段距離，但她並沒有拉近距離，而是坐在原位問我：

「村岡老師同意接受採訪了嗎？」

「對，他說隨便問都沒關係，師母和老師的孩子也很喜歡妳給我的餅乾。」

我拿出手機，向社長出示了在老師家拍的聖誕樹照片。

「是不是很厲害？竟然把餅乾當成吊飾。」

「喔喔，是啊……很高興看到他們也喜歡。」

社長冷冷地回答，我原本想問她，糖霜餅乾是不是就是指用砂糖作為點綴的餅乾，但很識相地沒有追問餅乾的事。

社長的媽媽廚藝精湛，但社長連餅乾都不會做。雖然我覺得只要請她媽媽教她就好，但社長之所以沒有這麼做，想必其中有什麼原因。話說回來，既然她讓我帶她媽媽做的餅乾當伴手禮，顯然她們母女之間並沒有嚴重的不和，不需要我插嘴過問。

任何人內心都有自卑。

蒼學長唱完了。這裡的點歌機還會評分，結果才八十五分。雖然學長說，原本以為分數會更高，但聽起來並沒有太懊惱。下一首歌的前奏響起。

「這是我的歌。」

社長站起來，拿起麥克風。沒想到竟然是英文歌，話說回來，英文歌更符合社長的風格。她的發音很準，音程正確，聲音也很好聽。

得分是九十八分。相較之下，不會做餅乾這種事根本不重要。

唱完兩個小時，走出KTV後，我們五個人仍然沒有解散。

因為黑田學長說，想去家電量販店去看空拍機，於是大家決定一起去看看。夏天之前，我完全無法想像會和二年級的學長姊一起過平安夜。

「你的聲音雖然不錯……」

白井社長在我身旁嘟噥。因為我剛才的歌藝讓他大失所望。我唱了自己最有自信的歌，也只有八十一分。上了高中之後，別人一直稱讚我的聲音，所以我自己也沒有發現，但我的音程似乎大有問題。

「太可惜了……」

如果白井社長嘲笑我，我或許還好受些，但她真心為我煩惱，讓我越來越沮喪。

「翠理之前曾經得過一百分……」

白井社長又補了一刀。

「對了，翠理學姊今天去約會嗎？」

正也好像突然想到般問，看起來不像在為我解圍。

「宮本，你很關心翠理是不是去約會嗎？」

蒼學長開玩笑問，正也絲毫不以為意。

「不，我只是好奇而已。難道你們不想了解自己周圍人的情況嗎？雖然不能窺探別人的隱私，但如果可以，我希望可以充實履歷表的內容。」

「履歷表？」

「在寫腳本時，要先寫劇中人物的履歷表。即使沒有相關的劇情，事先決定角色的興趣、擅長和不擅長的事，在寫台詞時，就可以知道這個角色不會說這種話，或是不會做這種事，有助於了解角色的行為。」

「劇作家真是太厲害了，那我在〈圈外〉中演的那些壞同學B也有什麼專長嗎？」

「有啊，他是籃球社的成員。」

正也輕鬆回答，好像那是實際存在的人物。

「太有趣了，所以在你的腦袋中，也有關於我的履歷表嗎？」

「有啊……」

「原來是這樣。雖然有助於充實翠理的履歷表，但可惜我們也不知道。不要說今天是不是去約會，甚至不知道她有沒有男朋友。」

「既然你這麼關心，明天可以當面問她，昨天和誰一起出去玩。」

白井社長插嘴說。

「宮本，比起這件事，我更好奇你是不是對久米米有意思？」

白井社長輕鬆跨越了我無法跨越的障礙。

「呃，啊，嗯……」

正也不知所措，臉紅到了耳朵。

「你不願透露自己的事，卻想充實別人的履歷表，是不是還太嫩了？」

白井社長明顯占了上風，我看向遠方，想要找話安慰正也。這時，從迎面而來的幾個男生中，看到了一張熟面孔。

他是我們班上的堀江。因為他看了過來，我正想舉起一隻手，看到他深深鞠了一躬，但並沒有看著我。

「學長好。」

他對著我身後說。

「嗨。」

黑田學長輕鬆回答，堀江和我擦身而過時，向我揮了揮手，我也向他揮手。

你們認識？我看向黑田學長時，似乎露出了滿臉問號的表情。

「他是我中學的學弟。」

黑田學長說。讀中學的時候，周圍幾乎都是同一所小學的同學，但進了高中，尤其是私立高中，有很多來自不同中學的學生，除非有什麼特殊情況，否則不會特別問誰來自哪一所中學。

就連久米是五本松中的畢業生這件事，我也是去了村岡老師家後才知道。

「你們都是同一所中學畢業的嗎？」

正也問學長姊。換成這個問題，他也可以落落大方地回答自己的情況。

「不僅是中學，我們三個人從幼稚園開始就一直讀同一所學校。」

白井社長回答。原來如此，難怪他們親密無間。

「宮本，你什麼時候開始和町田變成朋友？」

「我和圭祐雖然是同一所中學，但在高中的入學典禮那一天，我們才第一次說話。」

「喔，原來是這樣啊，所以成為朋友的時間長短，未必和友情成正比。」

社長脫口說道，但我對於社長這麼看我和正也之間的交情感到竊喜。

白井社長直到中學二年級，都相信真的有聖誕老人，蒼學長告訴了她真相，之後她每次聽到聖誕歌，就很想踹蒼學長的背。我一路笑著聽他們說這些事，很快就來到了家電量販店。

這種鄉下地方會有空拍機嗎？我們聊著這些話，走過陳列數位相機和手持攝影機的貨架，竟然發現了一小片陳列空拍機的區域，但比起空拍機，我忍不住盯著站在空拍機前的熟悉背影。

「老師！」

那個人驚訝地轉過頭，露出害羞的笑容。果然是村岡老師。

「上次看了你拍的影片之後，我也很想買一台。今天出來逛街，順便來看一下，發現比我想像中便宜，正在思考乾脆今天買回家。」

老師說，師母正帶著兩個孩子在看廚房家電，他們似乎也中了手工餅乾的毒。

貨架上總共有大小不一五款空拍機，最便宜的不到一萬圓。連我都可以用壓歲錢買一台。雖然我很想看空拍機，但還是先介紹老師和學長姊認識。

白井社長得知眼前的人就是村岡老師，立刻挺直身體說：

「非常感謝老師願意接受我們的採訪。」

她深深鞠了一躬，老師有點惶恐起來。

上次那段很厲害的影片，就是這位學長拍的。我向老師介紹了黑田學長，老師露出搞笑的表情叫了一聲：「師父！」然後要求握手，黑田學長害羞地握住了老師的手。

「我還是不要自己買，請專家用空拍機來為我們拍攝比較好。雖然接受採訪有點害羞，但我很期待你們會做出什麼樣的作品，也希望你們的作品能夠進軍全國。」

「好！」

白井社長回答的聲音最響亮。

大家用這種方式不期而遇，就像是聖誕禮物，拍攝作品的過程也一定會很順利。

第四章　演出順序表

邁入新年後，距離全日本高中驛站接力對抗賽只剩不到一個月。

年底之前，就已經完成了請田徑社成員表達各自抱負的個別採訪。

在決定紀實電視項目主題的會議時，決定企畫、拍攝和旁白都以我為中心，但實際進行時，還是由二年級的學長姊掌握主導權。

白井社長負責企畫，攝影交給黑田學長，旁白和採訪由翠理學姊包辦，蒼學長承擔剪接工作。

雖然我有點失望，但並沒有抱怨和不滿。學長姊做事都很俐落，事先調查和準備工作也無懈可擊。看到他們認真投入的樣子，我完全不認為自己可以比他們做得更出色。

如今，白井社長已經成為驛站接力賽大師。有時候她會問我：「町田，我想和你討論一下全日本高中驛站接力對抗賽的理念……」，我根本不知道哪裡寫了這種東西，即使看了相關的介紹文字，我也不可能比社長汲取到更多知識。

話雖如此，但我自認在所有工作上，都發揮了優秀助理的作用。這樣就足夠了。不，我的確應該站在目前的位置向學長姊好好取經，明年才能夠指導學弟妹。

手機收到了LAND的訊息。是久米傳來的。

『已經出發了。』

『收到。』我回覆了訊息。

青海學院田徑社驛站接力賽組今天練習的起點是位在山區的「縣民森林廣場」。他們剛從那裡出發，將沿著起起伏伏的公路跑三公里，然後抵達我目前所在的牧場門口。

我拿著無反單眼相機站在這裡待命。因為這個牧場沒有開放民眾參觀，所以不同於廣場那裡有不少享受假日的當地民眾，只有我一個人站在這裡。早知道應該找正也來這裡陪我。

或是剛才應該請老師送我來這裡。田徑社搭乘專用的車子（幾乎所有運動社團都有各自專用的小型巴士），來到離學校差不多一小時車程的縣民森林廣場，廣播社的成員則搭顧問秋山老師的車子來這裡。為了讓廣播社所有成員都能夠搭車前往，她今天沒有開平時的小客車，而是向老家借了一輛八人座的廂型車。

這是我第一次看到秋山老師做像是顧問老師該做的事。明明這是我自己腦袋產生的想法，但不知道為什麼，腦海中響起的卻是已經退社的三年級學姊說話的聲音。

秋山老師除了接送以外，完全沒有其他事，只能無所事事地坐在長椅上，只要我拜託她，她應該會一口答應，但離開廣場時，我並沒有想到這件事。

——很快就走到牧場了。

正在準備空拍機的黑田學長笑著說，我把相機包掛在肩上，就離開了廣場。雖然我走的速度並不快，但腳步越來越快。當我回過神時，發現自己在下坡路段跑了起來。我覺得有點喘，於是停下了腳步，但又很快跑了起來。上坡路段也用跑的，然後再次感到氣喘如牛。

三公里有這麼長嗎？

一年前挑戰的這條路線原來難度這麼高？

比賽在即，田徑隊決定在全日本高中驛站接力賽舉行全縣選拔賽的地點練習。在決定來這裡後，我有點心神不寧，但這和之前再度踏進三崎中學田徑社練習地點的市民運動場的感覺沒有太大的差別。

也許是因為這個原因，我有點大意了。雖然我察覺到心被揪緊，但還是忍不住充滿懷念地跑了起來，同時再次意識到自己失去了什麼。

我之前在比賽中跑的路段是從牧場前到山麓遠離市中心的木材工場前，路線比這裡稍微輕鬆一點。

當時就是在這裡接過接力帶……

現在無暇陷入感傷，熟悉的制服身影已經出現在蛇行的坡道遠方。我慌忙舉起相機。

跑在最前面的是三年級的桂木學長。他在縣賽中跑最後一棒，將成為帶領青海學院進入全國大賽的中心人物。他已經錄取了經常參加新年驛站接力賽田徑強校，他在之前接受廣播社的採訪時，也真摯而充滿熱情地回答，很希望在高中時代最後一次比賽，能夠成為在大學大展身手的踏板。

良太跑步時姿勢流暢，完全感受不到空氣的阻力，桂木學長的每一步都很有力。

——我的武器就是我的腳踝夠硬。

採訪後，白井社長問我，具體是指什麼意思？要求我解釋這句話的意思，我也答不上來，所以打算今天問學長本人，或是請教原島老師。

第二名也是接力賽正式成員的三年級生。選手已經跑過彎道，我可以從正面拍到他們的全身。第三名也是三年級生，良太緊跟在後。

良太，衝啊！我在心裡為他加油。

跑在良太後面的是目前就讀二年級的松本哥哥。他妹妹並不在我們學校，所以其實叫他「松本學長」就好，但每次都會脫口叫出中學時代對他的暱稱。

在個別採訪後，我驚訝地發現，在中學時代曾經是領獎台上常客的松本哥哥竟然只是候補選手。我並沒有聽說他受傷等身體出了什麼狀況，他的最佳成績也是最近的比賽紀錄。

也就是說，他並沒有停止成長或是後退。可見青海學院的選手陣容有多強大，要成為正式選手並非容易的事。

除了松本哥哥以外，以二年級學長為中心，有很多這樣的選手，所以並不是良太謙虛，而是真的不知道誰能夠遞補王牌選手受傷，無法參加全國大賽而空出來的正式選手名額。

即使我沒有發生車禍，順利進了田徑社，如果在畢業之前都一直當候補選手，我能夠無怨無悔不氣餒，持續努力鍛鍊嗎？在採訪結束後，我忍不住思考這個問題。

我會不會了解自己的實力後，便以好好讀書為藉口退出田徑社？在那之後，會有機會認識廣播社嗎？正也或許會找我參加廣播社，但我會產生一絲興趣嗎？也許我不想再參加任何社團，也不會踏進廣播社。

我很慶幸遇到了廣播社。

有一半是在向自己信心喊話，但另一半是真心話。

田徑隊在操場跑道上練習時，由我負責用空拍機為他們拍攝。和無法預測選手行動的足球和橄欖球不同，我隨時可以從自己想要拍攝的角度，讓成為拍攝對象的選手出現在畫面中。

和其他運動社團的成員一樣，田徑社的人也都對我們拍攝的影片產生了興趣，他們全神貫注地看著影片，然後討論著「原來跑累的時候，頭會稍微往右偏」或是「在向後甩手臂時，要努力增加十度」之類的意見，我一邊聽，一邊做筆記，很高興自己對提升田徑社的戰力有幫助。

──用空拍機拍攝的影片分析自己的動作，覺得自己好像變成了企業隊的選手。

良太說，他只要有空，就會看我轉傳給他的影片。

我重新拿起相機。

我想起一年前，我媽也在這個位置用手持攝影機拍攝，為了捕捉兒子接過接力帶，然後開始奔跑的身影。

比賽當天，驛站接力賽路線禁止車輛通行，各個學校事先也都收到了通知，禁止觀眾和選手一起奔跑，所以前來聲援的家長都各自拿著攝影機，在每隔數百公尺設置的定位拍攝，然後再將各位家長拍下的影片剪接，將從起點到終點的影片燒錄在ＤＶＤ上，但我並沒有看當時的影片。

一馬當先的桂木學長已經近在眼前。這裡並不是終點。參加驛站接力賽的所有成員都要跑全國比賽時，區段最長距離的十公里，所以在兩公里前方設了折返點（田徑社的經理在那裡待命），然後再跑回廣場。

一陣風吹來。不，是因為桂木學長跑過我面前。接著是第二名的選手、第三名。然後是良太、松本哥哥、又是三年級學長……

一陣又一陣風吹過我眼前。這是怎麼回事？

每當有人跑過我面前，就掀起一陣風。

我對這種感覺並不陌生，而且很熟悉，但是並不一樣。

以前這陣風都是迎面吹來。

我的額頭很寬，雖然我媽總是說：「看起來很優秀，不是很好嗎？」好像要我感謝她的基因，但我還是很想遮住，所以去剪頭髮時，也總是把瀏海剪得很長，盡可能遮住額頭。

但是只要一跑，整個額頭都會露出來，所以我很喜歡綁頭巾遮起來。我竟然把這件事忘得一乾二淨。遇到強風時，當然會發生相同的現象，但吹來的風和自己引起的風完全不一樣。

水滴順著我的臉頰滑落。這是眼淚嗎？幸好所有人都已經經過我面前。

爽快感完全不同。

也幸好附近沒有廣播社的人。

雖然沒必要向任何人掩飾，但我還是用刷毛上衣的袖口按著眼睛，似乎要表示只是垃圾吹進了眼睛，然後舉起相機，專心拍攝。

維持第一名的桂木學長比我想像中更快出現。這些都是早就超越九分鐘跑完三千公尺這個目標的選手。

我專心拍攝，隔著鏡頭捕捉被攝物體。第二名也跑了過去。第三名……是良太。松本哥哥緊跟在後。兩人份的風從我面前吹過。良太，加油，把松本哥哥甩開，但是……

我為什麼是舉著相機的人？

田徑隊所有人都經過後，我把相機收進相機袋，走向廣場。兩條腿已經不再不由自主地奔跑，我懶洋洋地往回走。

三公里很長。

正也和久米站在廣場入口，一看到我，兩個人都用力向我揮手。我有點擔心他們該不會知道我剛才獨自偷哭……但應該不可能有這種事。因為連我自己都沒有預料到會有這種情況發生。

我稍微加快了腳步，肚子發出了咕咕叫聲。我拿出手機看時間，發現正也用LAND傳了訊息給我。

『吃午餐了～』

他五分鐘前傳了這則訊息。難怪他們會到門口來接我。我恍然大悟，跑向他們。

雖然已經是我目前最快的速度，但額頭並沒有全都露出來。

二年級的學長姊也沒有吃午餐，在廣場上等我。田徑社的人已經在後方開始吃了起來，有幾個看起來像家長的人不知道什麼時候也到這裡，準備了戶外用的桌椅，上面放著裝在保鮮盒裡的飯糰和炸雞。

我看到了良太的爸爸也在其中。

一年前，良太的爸爸和村岡老師為了良太演出了一齣戲，但我猜想他當初並不是百分之百贊同兒子不參加縣賽。在比賽結束後，或許曾經懊惱，早知道應該讓兒子上場比賽，但現在一定很感謝村岡老師，慶幸當時做了那樣的決定。

因為他兒子現在努力奔跑，朝向全國大賽努力奔跑。

廣播社的區域鋪了一塊很大的藍色塑膠布。

「這是我在廣播社的置物櫃中發現的，我的準備很周全吧？」

蒼學長露出得意的笑容。我們就像在廣播室時一樣，圍成圓形坐在一起，我從背包裡拿出便利商店的袋子。我不想讓我媽在寒假時還要為我做便當，所以就自己去買了午餐，除了白井社長以外，其他人都是買便當。

「如果你們不嫌棄，請你們吃。」

白井社長把一個大紙袋拉過來，從裡面拿出一個盒子，裡面裝了許多用保鮮膜包起的黃色筒狀物。看起來像是用蛋皮代替海苔包的西式壽司捲。

每個人都拿到一根，我才發現蛋皮內包的是蕃茄雞肉飯，中間還加了炸蝦和萵苣。

黑田學長立刻吃了起來。

「真好吃。這是特地為我們做的嗎？我知道是妳媽做的。」

「這是下次料理課的試製品。我要聲明一件事，這是我捲的。」

「喔喔。」正也發出佩服的聲音，我也低頭看著手上的壽司捲。蛋皮沒有破，材料也放在正中央。我咬了一口，美味當然不用說，雞肉飯的緊實度也恰到好處。

「唉唉，竟然克服了弱點。」

蒼學長雖然這麼說，但臉上完全沒有遺憾的表情，津津有味地吃了起來。

「塔塔醬真好吃，真希望可以分享一下食譜。」

翠理學姊也張大嘴巴咬了起來。

大家人都很好，和他們在一起很開心。嗯，真的很開心。

我也必須表達一下感想。我雖然這麼想，但不小心吃太大口，嘴裡一直滿滿的。這時，秋山老師走了過來。

「這個給你們吃。」

老師說完，把「貓熊麵包」的袋子輕輕放在藍色塑膠布的角落，裡面應該是十五公分尺寸的法國麵包三明治，而且每個人差不多都有兩個。

「老師，妳要不要和我們一起吃？這是西式惠方卷，也有老師的份。」

白井社長對正準備轉身離去的老師說。老師露出驚訝的表情，有點不知所措，蒼學長和黑田學長把身後向後挪，騰出了一個人的空間。

「那就謝謝了。」老師客氣地打招呼後坐了下來。

雖然學長姊邀請了老師，但並沒有主動和老師聊天，陷入了沉默的氣氛。正也似乎想要打破眼前的沉默，從老師帶來的袋子裡拿出三明治，放在中央的同時，開始向大家說明各種不同的餡料。

除了我和正也以外，其他人似乎都是第一次吃「貓熊麵包」，學長姊聽到裡面竟然夾了金平牛蒡絲等與眾不同的餡料，紛紛說著：「聽起來很好吃」或是「會搭嗎？」氣氛再度熱鬧起來。

我拿到了麻婆茄子三明治。這是新商品，我第一次吃。

「真好吃。」

我才剛說完這句話，辣椒的刺激就在嘴裡擴散，我不小心被嗆到了。大家都笑了起來。黑田學長發下豪語說：「我一定沒問題。」和我吃了相同的三明治，結果反應和我完全一樣。我被他逗得笑了起來，然後告訴大家，我最推薦花生醬口味，並極力向他們說明「貓熊麵包」的花生醬和市售品的不同，然後發現半個小時前內心的鬱悶，或者說是悶悶的感覺消失了。

「老師！」

白井社長突然叫了正在默默吃惠方卷的老師一聲。老師為了不讓嘴裡的飯粒掉出來，掩著嘴回答：「是。」

「請問妳原本想成為哪個社團的顧問老師？」

老師沒有回答，應該並不是還沒把嘴裡食物吞下去的關係。雖然社長並不是問我，但連我也緊張起來。如果要形容，就好像突然被丟了一顆手榴彈。

秋山老師拿起放在腿旁的保特瓶裝茶喝了一口，轉頭看向社長的方向。

「雖然我覺得廣播社讓我體會了寶貴的經驗，但我剛到這所學校時，我希望可以成為田徑社的顧問老師。因為我國、高中都參加田徑社。」

「田徑社！」

白井社長興奮地叫了起來，老師的回答出乎我的意料，我目瞪口呆。

「老師的專長是什麼？」

久米問道。

「跨欄跑。」

「所以是短距離項目。」

久米看起來很高興。

「老師的一百公尺最佳紀錄是多少？」

黑田學長問。

「十二秒八。」

這是相當快的速度。黑田學長又問了老師在學生時代的比賽成績，老師回答說在跨欄項目中，曾經獲得縣賽的第三名。剛才還有點見外的老師漸漸熱絡起來，但其實老師在上國文課時，說話向來都這麼乾脆，所以我對她以前參加運動社團這件事完全不感到意外。

如果沒有連續十年進軍J賽全國比賽的壓力，也許三年級的學姊和老師之間的關係會更融洽。

「有沒有什麼我們不知道的田徑社內幕？」

白井社長問。我必須向她學習，她隨時都惦記著製作作品的事。

「嗯，雖然稱不上是內幕，但町田可能知道，在練習跨欄的時候都會用十圓硬幣這件事吧？」

我在眾人的注視下搖了搖頭。比起這件事，我更驚訝老師竟然知道我以前曾經是田徑選手。

「也可能是我們社團獨特的練習方法，每次都會把十圓硬幣放在欄架上，練習把腿抬到剛好不會碰到欄架的高度，然後練習抬腿、下欄的動作。」

「是喔。」幾個人同時發出了叫聲。除了發問的社長以外，大家都好奇地聽老師說明。蒼學長接著發問後，得知老師也是青海學院的校友，是原島老師和村岡老師的學妹，只是他們在學期間並沒有重疊。

「既然這樣，那不需要去問原島老師，請教秋山老師就好了。」

白井社長看了我一眼。

「妳是說腳踝很硬的問題嗎？」

我問，社長用力點頭，似乎表示我答對了，然後問秋山老師，「腳踝很硬是武器」這句話是什麼意思。

「腳踝很硬是指什麼？是指關節的柔軟性嗎？還是指骨骼的強度？」

蒼學長問，似乎在補充說明白井社長的問題。

秋山老師用保鮮膜把惠方卷包了起來，拍了拍腿站了起來。

「大家有辦法做這個動作嗎？」

老師雙手前伸，雙腿並攏，腳底緊貼地面深蹲後站了起來。

「就是讀小學時，每年四月都要接受的運動能力健檢項目之一。」

白井社長露出「根本小事一樁」的表情站了起來，當場完成了和老師相同的動作。其他二年級的學長姊也跟著做，正也和久米也輕鬆完成了這個動作。

既然這樣，我當然不能不做。於是就慢慢站了起來，確認左側膝蓋的狀況後慢慢蹲下，但一屁股坐在地上。

「町田，你不必勉強。」

白井社長說，我難為情地笑了笑，伸直左腿坐了下來。其實我不是因為車禍導致膝蓋受傷才無法蹲下，而是很久之前就這樣。雖然在接受運動能力健檢時，我會稍微抬起腳跟作弊，但即使無法完成這個動作，學校也不會要求學生去醫院看病，只是發一張附有圖示的腳踝伸展練習方法宣導單而已。

「做這個動作有難度的人，通常就稱為腳踝硬，因為沒辦法用蹲式馬桶，而且也容易受傷，所以通常被認為是缺點，但近年有人發表了腳踝硬和跑步速度快有關的論文，尤其是鴨志田選手公開宣稱，自己的武器就是腳踝硬之後，有更多人了解到這件事。」

鴨志田是田徑選手，也是日本一百公尺短跑紀錄的保持者。

「鴨志田選手在接受雜誌的採訪時曾經說，他很不擅長做蹲的動作。」

「我了解了腳踝硬的意思，但能夠帶來什麼好處呢？」

白井社長問。

「妳可以想像一下硬彈簧和軟彈簧，當用相同的力道把兩個彈簧壓向地面時，哪一個彈簧反彈力更大。」

「喔，原來是地面反彈的強度。」

蒼學長最先表示理解。雖然我的理科成績很差，但也能理解這種程度的事。

「雖然目前還無法斷定，腳踝硬一定跑得快，但似乎有人做了各種分析，而且不光是短距離，在五千公尺的長距離中，也有好幾個實例證明了腳踝硬對速度帶來的正面效果。」

這意味著我的腳踝也是武器嗎？

「把這件事結合在作品中，應該會很有意思。」

雖然我聽到了白井社長說話的聲音，但我不知道她在對我說話，還是向所有人提議。我用介於「好」和「哈哈」之間的聲音，做出了難以判斷到底是同意，還是發出不失禮貌笑聲的回答。

下午之後，田徑社在廣場旁田徑運動場的跑道上練習。

在四百公尺的跑道上跑四圈半後，全力衝刺最後兩百公尺。休息十分鐘後，再重複一次。然後再休息十分鐘，第三次重複相同的練習。在三崎中學時，稱這個練習是「地獄兩公里跑三遍」。

這裡由我負責用空拍機進行拍攝，我在操作遙控器時，正也在我旁邊看著跑道，發出了驚叫聲。

「他們已經跑得夠快了，聽說最後還要衝刺？怎麼可能？」

第二次衝刺讓人簡直想死。我在內心小聲說道。一年級的時候，每次遇到這個練習，就很後悔參加田徑社；二年級時，滿腦子想著趕快退社；三年級時，腦內的血液沸騰著，在腦袋中大叫，上高中後，絕對要參加田徑社以外的社團。

雖然現在如了願，但內心為什麼還是悶悶的？

雖然我現在用最愛的空拍機拍攝，卻覺得這不是自己真正想做的事。

回程時，秋山老師也開車送我們回到了學校。我們一年級負責收拾器材，因為剛才是二年級學長姊做準備工作。

我把無反單眼相機從相機包中拿出來，久米也拿出空拍機，用廣播室內的不織布清潔布仔細擦拭。正也走出廣播室，清理沾在藍色塑膠布上的雜草。

「我問妳。」

我雙眼看著相機開了口。

「什麼？」

「妳為什麼沒有參加田徑社？」

「啊？」

我努力說得輕描淡寫，但久米發出驚訝的聲音，似乎完全沒有想到我會問這個問題。

「三崎中學的村岡老師記得妳，他對妳沒有加入田徑社感到很惋惜。」

「我在中學時代也完全沒有出色的表現。」

「妳可能不適合跳遠，村岡老師也說，如果妳在三崎中學，他可能會建議妳長跑。」

「是喔……」

我想要稱讚她，但她好像越來越為難了。

「而且妳之前在馬拉松比賽時也跑得很快，妳該不會平時就有定期在跑步？」

「這是為了練習聲音。」

「像今天這樣近距離看田徑社的人在跑步，妳不會也想跑嗎？」

這才是我想問的問題。我內心產生的並不是特別的感情，只要練過田徑的人，都會產生這樣的想法。我試圖向久米確認，讓自己安心。

「嗯，我……」

久米說話時似乎下定決心，抬頭直視著我。

「我也可以問你一個問題嗎？」

「可、以啊。」

「你不會覺得我不懂裝懂，自以為是嗎？」

「我從來不覺得妳會這樣。」

「謝、謝謝你……那我就問了。町田，如果山岸在中學時退出田徑社，你上高中後，仍然想要繼續參加田徑社嗎？」

之前從來沒有人問過我這個問題，我也從來沒有想過。我聽了之後，陷入了沉默，甚至忘了呼吸。

「良太……他不可能放棄田徑。」

我搖了搖手，表示認為她在開玩笑。我到底在掩飾什麼？

「山岸在中學時，膝蓋不是曾經受傷嗎？因為我們學校把他視為競爭對手，我相信這件事應該不會錯。雖然很恭喜他能夠重回田徑隊，但是，如果、我只是說如果他膝蓋的傷無法痊癒，只能放棄田徑呢？」

我應該不會產生要連同良太的份一起努力的想法。

「那我應該不會報考青海學院。」

我只能這麼回答。

我會報考離家比較近的公立高中，參加那裡的田徑隊嗎？還是覺得既然良太也退出了，那我也不想再練田徑了？我對田徑的熱情就只有這種程度而已嗎？

不，不可能。我一定會想繼續參加田徑社，因為這樣退出會留下遺憾。但是，當初是良太邀我一起加入田徑的世界，良太在田徑方面的才能比我強好幾倍，連他都無法繼續下去，我可以繼續練習嗎？我有這樣的權利嗎？我覺得自己很可能會這麼想，然後參加其他社團。

即使我知道，良太並不希望我這麼做。

像今天這樣，近距離看著田徑社奔跑，感受他們引起的風，即使內心起伏，覺得我為什麼是舉著相機的人？只要想到良太也不在其中，就可以克服。

我對田徑的熱情就僅此而已嗎？

我曾經投入田徑的熱情，就僅此而已嗎？

「久米，妳……」

妳為什麼問我這個問題？妳想提醒我什麼嗎？一旦把這種想法說出口，我說話的語氣可能會聽起來像在遷怒於她。

呼地一聲，門打開了。

「終於清理乾淨了，為什麼藍色塑膠布和雜草這麼喜歡黏在一起。」

正也抱著塑膠布走進來，看了看我，又看向久米。

「你們又在聊祕密？」

什麼叫又？我們上次有聊過祕密嗎？喔喔，想起來了，就是上次我和久米討論要不要報名參加播報、朗讀項目的時候。我當時熱切地表達了意願，但之後決定了紀實電視的題目，讓我興奮雀躍，然後又疲憊不堪，結果把這些件事拋在了腦後。怎麼會這樣？

「正也，你在寫腳本嗎？」

「啊？你問我嗎？當然在寫啊。我在寒假期間寫了兩個廣播短劇的腳本，雖然都還要修潤，我下次帶來，你們幫我看一下。」

正也興奮地繼續說了起來。他說其中一個是單場景腳本，為了避免劇情單調，發揮了怎樣的巧思。久米除了跑步以外，每天都會看書，練習發聲。我竟然問她，為什麼沒有參加田徑社。

久米應該不曾把田徑社和廣播社放在天秤上比較。

「我對腳踝的事也很有興趣，乾脆把目前為止拍攝的田徑社影片傳到家裡的電腦，研究各種剪接的方法。」

「好啊，好啊，今天的遠征太值得了。」

「我會把空拍機拍的所有影片都傳給你。」

我不知道第幾次表達這種很不可靠的決心，正也和久米毫不嫌棄地接受了。

寒假最後一次社團活動結束後，在正也的提議下，我們三個一年級生一起去了KT

V。這個寒假始於KTV，也終於KTV。久米這次二話不說就答應參加。

即使是倍受稱讚的好聲音，唱歌也未必好聽。我親身證明了這件事，但久米顯然不是和我同一國。她唱了創下高收視率的深夜動畫影片主題曲，而且連電視上沒有播出的第三段也唱得完全正確。最後得到了九十五分。

「好厲害，妳該不會也有練歌？」

正也在鼓掌的同時問久米。

「我每個星期上一次聲樂課。」

「超正規的訓練。」

「沒那麼誇張。我媽媽朋友的女兒從音樂大學畢業，開了一間教鋼琴和唱歌的教室，我媽媽一方面是為了捧場，只是不知道有沒有成果。」

「我認為妳都學到了。對喔，尤其是最近的聲優，經常需要歌唱得好聽。我想起小田颱不是也組了一個樂團嗎？」

「你是說『火花』嗎？我超喜歡《勇士的你和隨從的我》的主題歌〈奔向地平線的遠方〉。」

「對啊，超酷。」

我情不自禁插嘴說。因為小田颱為主角的好朋友，勇士艾瑞克配音，所以我錄下了所有集數，也都看完了。

「町田，你要不要和我一起唱？但小田鼬獨唱的部分一定要留給我唱。」

久米雙眼發亮。她不知道我唱歌的實力，但唱動畫影片的歌應該沒問題吧。雖然我沒有任何根據。

結果慘不忍睹。

點的飲料和洋芋片送了進來，我用吸管喝著可樂。

「這位作詞家最近才走紅，最大的特色就是漢字的讀法很獨特。」

所以你唱不好也很正常，不必放在心上。絕對不是因為你五音不全。我覺得久米是用這句話暗中安慰我。

這次的確是音程準不準之前的問題，耳熟能詳的第一段還差強人意，但第二段之後，我拚命看著螢幕歌詞上標的讀音，當我回過神時，發現自己的麥克風放在肚臍下方。

歌詞中並沒有使用很多艱澀的字，都是小學就學過的漢字，但是在「真實」上方標了「真正」的讀音，「命」讀成「魂」、「明天」讀成「未來」還能夠勉強接受，但為什麼「友情」要讀成「永遠」？如果要發這些音，不能好好寫成「真正」、「魂」、「未來」和「永遠」嗎？

久米唱歌時完全不在意這些問題，沒有看字幕，帥氣的樣子好像在唱英文歌。

「搞不好這是測試到底是死忠鐵粉，還是跟風仔的策略。」

正也靈機一動說道。

「原來如此，我倒沒想到這一點。」

我簡直就像在自曝自己是跟風仔。但是……

「不，久米或是翠理學姊即使是第一次唱，應該也可以唱得很好。」

播報項目和朗讀項目在正式比賽前，都會拿到當天的題目。無論「真實」這兩個字寫得再大，只要上面標了「真正」的讀音，就必須照讀。

「對了，上一屆全國比賽時的朗讀項目中，當天的題目是芥川龍之介。我看了不少芥川的短篇小說，但我完全沒聽過那段內容。」

正也說。三年級學姊的報告中，也完全沒有提到這件事。

「有些用字遣詞只有古典作品中才會出現。」

久米應該主動看了當時的影片。

「而且進入決賽的人，大約有十個人左右，完全沒有人讀錯，所有人都充滿感情，正確而流利地朗讀完畢。」

正確朗讀是基本。

「不知道評審怎麼評分。」

「不同的評審注意的地方應該不一樣，受邀成為客座評審的作家，我忘了他的名字，他在講評時提到了引號和逗號的問題，還問參賽者，有沒有意識到那部作品的題目。」

「我當時也沒有注意到那個部分。從指定的長篇作品中挑選哪一個部分朗讀，好像也是很大的關鍵。」

久米似乎也看了評審的講評內容，J賽的官網上應該有相關資訊，還是有影片？無論是哪一種情況，我都沒有理由抱怨三年級的學姊。

「但即使我沒有要參加這個項目的比賽，也可以大致能夠想像這種程度的講評，但不同項目的正式講評，就完全是異次元的世界。」

「評審說了什麼？」

「圭祐，你念一下五十音中さ行的さ（sa）、し（si）、す（su）、せ（se）、そ（so）。久米，妳也一起試試。」

這是怎麼回事？雖然我感到納悶，但一隻手拿著洋芋片，稍微清了清嗓子後，念了さ、し、す、せ、そ。久米也跟著念了一遍。

「為什麼要念？」

「不，我還是聽不出來。」

「啊？」

「講評的是ＪＢＫ的前主播，之前在當主播時，就擔任專業播報新聞講座的講師，那位前主播說，能夠正確發出さ行音的人不到半數。我聽了所有人朗讀的內容，完全不覺得任何人的發音有什麼問題。」

「久米，妳聽得出來嗎？」

「經常聽到有人說，很多人發『す』的音時會變成『th』，但我想整個『さ行』的話，就沒有這麼簡單，所以我也搞不懂。我不知道自己的發音是否正確，也聽不出你的發音到底對不對。」

沒想到竟然連久米也聽不出來。

「如果不請這方面的專家指導一下，恐怕無緣進入全國大賽。」

秋山老師雖然是國文老師，但她以前參加的是田徑社。沒想到久米聽了我有點灰心地說的這句話，頓時露出了燦爛的笑容。

「所以你的意思是希望小田鼬的指導，對不對？」

原來還有這一招。我恍然大悟的同時，也覺得有點惶恐，無法輕易表示同意。至少等確定可以進入全國大賽再說。不，那就太晚了，至少希望久米可以先接受指導……

有人的手機響了。

「對不起，好像是我的手機。」

久米笑著從放在旁邊的背包口袋裡拿出手機，她臉上的表情越來越凝重。

「呃，對不起，我臨時有急事，可以先走嗎？」

她在說話時已經站了起來。

「當然可以。」

正也回答。久米準備拿出皮夾，正也說著「不用了，不用了」，把掛在牆上的大衣交給了她。我內心驚慌失措，但默默看著眼前這一幕。

「路上小心。」

「路上小心。」

我就像鸚鵡學舌，重複了正也的話，看著久米衝出KTV的包廂。比起悲傷和擔心，久米露出了臉部很用力的可怕表情。

到底是誰、發生了什麼事？

我從來不曾有過接到不好的消息「趕去」現場的經驗。

我媽體會過這種經驗。

我在榜單公布的當天發生了車禍。當護理師的媽媽當時正在上班，她穿著護理師衣服，趕去我被救護車送往的醫院，結果前來說明情況的警察搞不清楚她到底是家人還是醫院的人。我媽把這件事當成笑話。

不，也許是為了讓那些滿臉擔心地關心我的人放心，故意笑著告訴他們這件事。

「會不會是她朋友？」

正也喝著被冰塊稀釋的可樂說。

「就是平安夜和她見面的朋友？」

因為那天也來唱KTV，所以我想起這件事。

「雖然不知道是不是同一個人，但久米在討論紀實電視的題目時不是說，她有一個朋友得了難治之症。」

「對喔。」聽正也這麼說，我才終於想起來。那天討論時，我只關心有關自己的事，沒有把其他事放在心上。

「那種疾病叫什麼？」

「你等一下。」

正也拿出手機。他似乎做了筆記。

「是『克隆氏症』。」

「會不會是病情惡化了？」

「有可能。我雖然做了筆記，但之後忘了繼續調查。即使這個題目沒有被選中，但只要聽了當時的討論，就知道久米希望更多人了解這種疾病，我應該更用點心。」

正也說完，嘆了一口氣。

「你記下疾病名字就已經很厲害了。」

雖然我經常接受別人的安慰，或是對別人的安慰產生反彈，但我最近曾經安慰過別人嗎？我曾經和別人一起思考對方面對的問題嗎？

「要不要唱歌？」

正也問。

「嗯，唱可以大喊大叫的歌。」

我們又各點了一杯可樂。

三年級學生在一月底之前仍然要來學校，所以難得見到了三年級的學姊。不知道是否因為考試的壓力，敦子學姊爆肥（我絕對不敢當面對她說），月村前社長不知道是否也是因為壓力的關係，整個人爆瘦。

各班在教室內開完班會後，都前往體育館舉行開學典禮。因為在開學典禮結束後，吹奏樂社會在體育館的舞台上演奏，加油團也會表演舞蹈，祈願三年級生成功考上第一志願。

我一開始就沒有站在班上的隊伍中，而是把無反單眼相機設在三腳架上，在體育館後方等待。

這時，樹里學姊突然走到我身旁。

「要不要我幫忙？」

「不用了，考試當前，不敢勞駕學姊。」

我遇到這種情況時，向來說不出什麼中聽的話，更何況我根本不知道該怎麼慰勞考生。

「你不必客氣，而且我已經錄取了。」

樹里學姊說，她已經藉由推甄，被私立藝術大學錄取，就讀電影系。

「我想要拍電影。」

樹里學姊說完，靦腆地笑了起來。可見在社團內說話大聲，和對製作作品的熱情並不成正比。

「其他學姊也都打算考廣播電視相關的科系嗎？」

「沒有，她們有的報考藥學系，有的想讀教育系，但不知道入學後會加入什麼社團。」

「這樣啊。」

雖然學姊主動和我說話，但我不知道該怎麼延續話題。早知道我不應該問其他學姊的情況，而是要打聽樹里學姊即將就讀的那所大學。推甄入學要面試，我可以問她面試老師有沒有問到社團的事。

這時，頭頂上傳來嘰嚕嘰嚕的聲音，很快就遠離了。那是黑田學長在試飛空拍機。這是空拍機第一次在室內飛行，而且有許多學生聚集在這裡，一旦墜落，造成學生受傷，後果不堪設想，所以老師當初面露難色，但我們直接找擔任加油團團長的校長談判，終於獲得了許可。

「町田，你會操作嗎？」

樹里學姊看著空拍機。

「會啊，很好玩，妳要看影片嗎？」

好不容易聊得稍微熱絡一點，但樹里學姊看著手錶說：

「我該回去了。我們全班都訂了畢業紀念DVD，你們要繼續加油喔。」

樹里學姊說完，就小跑著回到自己班上的隊伍中。不知道她只是來打發時間，還是來激勵我。

我抱著裝好相機的三腳架，移動到體育館中央為攝影騰出的空間。

吹奏樂社的演奏和加油團表演的舞蹈都很出色，但我覺得自己沒有拍出他們一半的魅力，早知道應該請樹里學姊指導一下。我帶著這樣的後悔，在其他學生已經走光的體育館內收拾東西。

把相機和三腳架拿回廣播室，又回到體育館內，舞台旁的門打開了，正也和久米走了出來。正也雙手各拿了一個箱型喇叭，久米單手拿了一個喇叭。

「正也，給我一個。」

我跑了過去（其實那種速度稱不上是跑），從正也手上接過一個喇叭，發現拿在手上很重。雖然頂部有把手，但很佩服他竟然可以同時拿兩個。

因為萬一不小心咬到舌頭，問題就大了，所以三個人一路上都沒有說話，來到廣播室。收進倉庫後，重重地吐了一口氣。

「昨天很不好意思，你們特地約我，我卻先走了。」

久米開口說。她剛才走回來的路上，一定都在想，等把喇叭放好之後，就要向我們道歉。

「不，沒關係。沒什麼事吧？」

正也用開朗的語氣回答，我也在正也旁邊搖頭表示同意他的意見。

「啊？呃……」

久米結巴起來。對喔，久米昨天離開時只說臨時有急事，只是我們猜想可能是她的朋友身體出了問題，但我們可以向她打聽發生了什麼事嗎？

「啊，是，沒問題。媽媽，不，我媽媽不小心被菜刀割到了手，大驚小怪地打電話給我……就是這樣。」

久米驚慌失措地回答後，低下了頭。

「妳媽媽嗎？這樣啊，但幸好沒事。」

正也也慌忙掩飾著說道。他似乎無意向久米坦承，我們原本以為是她朋友出了問題。這也是理所當然的事，因為既然不是這麼回事，就代表那只是我們不吉利的想像。

「反正ＫＴＶ隨時可以再去。」

我對他們說，然後抓著頭想，下次一定要學會唱第二段。

「原來你們又去了ＫＴＶ，真羨慕啊。」

白井社長用完全感受不到羨慕的語氣說著這句話，走了進來。二年級的其他學長姊也都拿著東西走了進來。

「原島老師說，體育館要鎖門，所以我們就把你們的書包帶回來了。」

不好意思。謝謝。正也和久米都微微鞠躬道謝。

「咦？我的書包呢？」

因為廣播社要負責收拾東西，所以可以把書包放在體育館。我在開學典禮開始之前，就從教室把書包帶去體育館。

「還有其他書包嗎？」

蒼學長問翠理學姊。

「我最後確認過了，沒有其他書包了啊。」

翠理學姊悅耳的聲音在這種時候也很有說服力，讓人無法反問：「真的嗎？」

「會不會是加油團或是吹奏樂團的人不小心拿錯了？」

我的黑色背包上有白色運動品牌的標誌，光是我們班上，包括女生在內，就有三個人用相同的背包。

「町田，你的書包放在哪裡？」

蒼學長好像突然想到了什麼，向我確認。

「我放在舞台的上座。因為白井社長用LAND傳了訊息，叫我放在那裡。」

「這就對了！」

白井社長拍了一下手，似乎終於解開了謎題。蒼學長忍不住抱怨說：「這句話應該讓我說啊！」白井社長當然不理會他。

「町田，對表演者來說，舞台的上座是哪一側？」

社長問，我把雙手舉到臉的高度。我今天是在觀眾席拍攝，所以在腦海中將舞台左右反轉。

「是右側。」

「啊啊啊。」正也發出了遺憾的聲音。

「啊？是相反嗎？」

「對，是相反。對表演者來說，舞台的上座是左側。」

白井社長雙手扠腰，把頭轉向左側。

「啊？啊？啊？」

那漫才師呢？歌手呢？我回想著年底時看的搞笑節目和歌唱大賽。剛才開學典禮時，校長是從哪一側走出來的？只有我搞不清楚。這也是理所當然的事，所以我的書包不見了。

「我去拿。」

我衝出廣播室。

「喔喔，町田圭祐。」

來到走廊時，原島老師用全名叫我。他單手轉動著套在棒狀鑰匙圈上的鑰匙。真是來得早不如來得巧，但也許對老師來說，並不是這麼一回事。

「不好意思，我的書包還在體育館內。」

「這樣啊。」

老師完全沒有露出不耐煩的表情，轉身走向體育館。我跟在老師身後半步，老師打開大門後，我用自己的最快速度衝向舞台左側。

孤伶伶地留在黑暗中的黑色背包很像被丟棄的狗，我雙手輕輕拿起之後背在身上，然後又跑了回去。

「讓老師久等了。」

雖然距離很短，但我仍然喘著粗氣。

「你恢復得很不錯。」

「啊？」

「我說你的腿。」

「喔，是……」

照理說這句話很值得高興，但我高興不起來。之前在縣民森林廣場面對的現實，無法輕易消失。

「對了，町田，我想拜託你一件事，你來得剛好。」

「什麼事？」

從小到大，老師拜託我的事曾經有過好事嗎？

「你可以把之前在縣民森林廣場拍田徑社練習的影片傳給我嗎？」

眼前的發展太出乎意料，簡直就像老師看到了我腦海中的影像。

「空拍機拍的影片嗎？」

因為很多田徑社的人都想看空拍機拍的影片，所以黑田學長用手機傳給森本社長，請森本社長傳給其他人。

「那些影片已經在這裡了。」

老師特地從長褲口袋裡拿出了手機。他從開學典禮這天，就已經穿了一身運動服。手機主畫面上頂著白雪的富士山，是他自己拍的嗎？是新年去看驛站接力賽時拍的嗎？

「那老師要我傳什麼影片？」

「有沒有從正面拍攝社團成員跑步時的影片？」

「有。」

田徑社的人跑下坡道後又折返回來，再次跑上相同的坡道。因為我沒有和他們一起跑，所以他們經過我面前時，只拍到側面。但在和跑者拉開距離時，我都從正面拍攝。

「那我把電話號碼告訴你，你用LAND傳給我。」

要和原島老師用LAND聯絡嗎？不，我並不是對這種事產生排斥。

「用相機拍的影片檔案儲存在廣播社的電腦中，最好把電腦的電子信箱告訴我。」

「這樣啊……咦？老師的電子信箱可以告訴學生嗎？」

手機和電腦到底有什麼差別？

「還是我存在隨身碟，或是燒錄在ＤＶＤ上拿給老師？」

「不，你直接寄給我就好，因為我想馬上確認幾個問題。你有紙嗎？」

我只拿下背包其中一側，窸窸窣窣翻找了一下，拿出一張B5大小的活頁紙和一支自動鉛筆遞給老師。

老師把紙橫了過來，放在牆上準備寫電子郵件，但喀嚓喀嚓按了幾次自動鉛筆後，轉頭看著我說：

「裡面沒有筆芯。」

「對不起。」

我急忙把最先摸到的橘色螢光筆遞給老師。

「很好很好，這種粗筆比較好寫。」

老師配合紙張的大小，寫下了他的電子信箱。haaarasima@後面和廣播社的電子信箱一樣，都是學校的帳號。

「要注意不是shi，而是si喔。」

老師叮嚀道。

我把紙拿在手上，以便回廣播室後可以馬上進行這項工作。回到廣播室後，我把那張紙正面朝下，放在社團專用的筆電上。

因為會議已經開始，我無法馬上作業。正如樹里學姊所說，今年的畢業紀念DVD的訂購數量超越往年，所以必須重新檢討各自的分工，避免在介紹時，特別偏重某個班級和社團活動。

但這幾位學長姊也不會因為訂購量少就偷工減料，所以和原本的計畫並沒有太大改變，只是確認後就結束了。

在各自開始自主練習和作業後，我把影片傳給了老師。

為了謹慎起見，我把寫了老師電子郵件的紙用廣播室內的手動碎紙機碎斷，也刪除了寄件備份。

我完全不記得小學和中學時代的第三學期也要上課，難道是因為我每次過完年之後，就渾渾噩噩地迎接了春天的到來嗎？

開學典禮的隔天，就開始了每天都要上六節課的生活，而且英文課和數學課在上課前都要小考，也有補習。雖然擔心是否只有我過了一個星期，仍然無法適應這樣的生活，但在午休吃便當時，聽到堀江也說了同樣的話，我就放了心。

開始在教室吃便當後，即使已經迎接了在戶外吃飯很舒服的季節，我也沒有再和正也、久米一起再在通往屋頂的逃生梯上吃飯。因為這是和社團成員以外的同學交流的寶貴時間。

聽到其他同學在寒假時都去參加了補習班的寒假補習，就會對自己整天都忙著社團活動感到不安。

——只要均衡就好。

整天忙著參加橄欖球社訓練的堀江笑著安慰我。

即使這樣，每天推開廣播室沉重的門，就覺得功課的事可以先放一邊。我可以感受到自己肩膀放鬆。即使必須留下來補習數學，即使正也之前為了去東京，下定決心要好好讀數學，從此之後完全不用再補數學；即使只有我遲到，最後一個推開廣播室的門也無所謂。去得早不如去得巧，晚一點去，廣播室內的暖氣溫度剛剛好。我有點自虐地這麼告訴自己，推開了廣播室的門。

為什麼氣氛這麼沉悶？除了我以外，所有人都站著圍在桌子角落。

「嗨，圭祐。」

正也轉過頭，擠出很不自然的笑容向我走來。

「我剛好要去圖書館查資料，你可以陪我去嗎？」

正也說著，摟著我的背，強迫我轉身。

「幹嘛？至少讓我先放一下書包啊。」

我忍不住反抗，轉身看向背後，剛好和久米四目相對。久米立刻轉身低下了頭。她哭了嗎？

「發生什麼……」

我本來想問「發生什麼事了嗎？」但不知道該問誰，所以把最後幾個字吞了下去。

「沒必要對町田隱瞞吧？」

白井社長靜靜地開了口。怎麼了？和我有關的事嗎？有什麼必須隱瞞我的事嗎？

「但是圭祐和良太……」

正也試圖保護我，我單手捂住了他的嘴。

「良太發生了什麼事？」

我吐了一口氣後問正也。正也沒有回答。這代表發生了什麼不好的事。該不會發生了意外？他的膝蓋又受傷了嗎？

「可以給町田看嗎？」

社長問久米。久米把原本低著的頭壓得更低了。我仔細觀察後才發現，大家都圍著放在桌角的手機。黑田學長拿著手機。

開始使用空拍機後，每天都會看到一次這樣的景象。久米會把手機交給黑田學長，但黑田學長從來不曾露出這麼嚴肅的表情。

我戰戰兢兢接過手機，下定決心後看向手機螢幕，發現螢幕一片漆黑。我知道打開手機的密碼。因為久米曾經告訴我，但我完全不知道那幾個數字所代表的意義，只知道那並不是久米的生日。

按了早就記住的數字，感受著看別人手機的愧疚感時，那個畫面突然出現在眼前。

良太站在田徑社的社團活動室前，手上拿著點了火的香菸……

第五章　數位化

「不可能……」

我無法相信自己眼睛所看到的畫面，又重新播放了手機影片的一部分——十五分鐘影片的最後三分鐘。

那是用空拍機空拍的影片。從操場移動到校園角落運動社團活動室的上空。那是一棟兩層樓的房子，二樓最後方就是田徑社的活動室。活動室的門打開，良太來到陽台兼通道的空間左顧右盼，一隻手抓著欄杆，看著樓下。周圍沒有其他人，可以看到他沒有抓欄杆的另一隻手。

那隻手上拿著點了火的香菸，他拿著那根菸，再度打開了活動室的門，走進了活動室。空拍機漸漸上升，移動到校舍的屋頂上方，看不到運動社團活動室那棟房子了……

「為什麼會有這段影片？」

我問手機的主人久米。

「呃，那個……午休的時候……」

久米始終不敢抬起頭，用好像蚊子叫的聲音說話。我完全聽不到她在說什麼，這讓我很火大。這件事很重要，妳給我抬起頭說清楚。

「是我拍的，我借了久米的手機拍的。」

黑田學長向前一步說道。我把差點脫口罵久米的話吞了下去。

「敦子學姊希望可以拍三年級女生在中庭吃便當的景象放在畢業紀念DVD中，雖然有點像擺拍的日常風景，但她說開學典禮的空拍機拍攝的影片很讚，我就不好意思拒絕她。」

今天雖然是晴天，只是並不暖和，但我想起中午時間，校舍外傳來歡快的聲音。

「但為什麼是久米的手機拍到的？」

雖然是誰的手機這個問題根本不重要，但我還是無法不問。

「因為原島老師請我拍第四節三年級男生的體育課，我擔心手機電池會用完。」

黑田學長看著所有人說明情況。除了我以外的其他人看了影片後，緊張地圍著那隻手機，還不了解詳細的情況。

以下就是黑田學長說明的情況。

前天午休時，敦子學姊和原島老師分別請他用空拍機拍攝。他去老師辦公室找原島老師交報告時，老師請他用空拍機拍攝三年級男生的體育課，當時敦子學姊也剛好在辦公室找其他老師，於是就追上走出辦公室的黑田學長，說也要拜託他拍攝。

剛開始使用空拍機時，每次有人請黑田學長用空拍機攝影，他都會徵求久米的同意，但自從久米說「我已經捐給廣播社了，請自由使用」後，他就不會在使用前向久米報告。

但是昨天晚上，他想到如果第四節課和午休時連續使用，手機電池會用完，於是就用LAND聯絡了久米，在第四節課時借用久米的手機。

久米在第二節課和第三節課之間的十分鐘休息時來到廣播室，把手機放在空拍機的盒子上就離開了。

黑田學長在第三節課和第四節課的課間休息時，先來到廣播室，然後拿著久米的手機和空拍機去了屋頂。

「我剛才在看影片時就很納悶，為什麼是在屋頂？」

白井社長插嘴問。就連廣播社長，而且是黑田學長同學的白井社長也無法理解，我當然更不可能知道了。

「我也要上課啊，所以事先在手機上設定了空拍機的路線，然後再用定時器，只要時間一到，就會自動飛行。因為要使用返航功能，所以遙控器也放在一起。在屋頂時，起降都很方便，而且在設定路線時，精準度也沒辦法以毫米為單位。」

為了避免空拍機撞到窗框和樹木，屋頂的確是最佳地點。

「有點像直升機的停機坪。」

蒼學長說。

「但是可以隨便去屋頂嗎？逃生梯是避難通道，所以可以自由出入，但通往屋頂的門不是上了鎖嗎？」

白井社長問。校舍內的樓梯只到最高樓層的四樓為止，必須從各個樓層走廊盡頭的逃生門，沿著戶外的逃生梯能去屋頂。那裡也是我、正也和久米相遇的地方。

「我拜託顧問去借了鑰匙，妳可以去老師辦公室，看教務主任後面那塊白板，上面就寫著『第四節課、午休，廣播社空拍機攝影，使用屋頂』。」

我第一次聽說這件事。之前用空拍機攝影時，即使由我負責掌鏡，黑田學長也都會先來廣播室準備空拍機，也許他每次都向學校提出了申請。

「是喔，沒想到你做事這麼周到。」

白井社長露出佩服的眼神看著他。

「因為我不希望校方禁止我們用空拍機，或是沒收空拍機。」

黑田學長靦腆地抓著頭回答，但似乎立刻想到這不是目前討論的重點，於是又繼續向大家說明。

午休時，黑田學長立刻去屋頂收空拍機和遙控器，剛好看到空拍機準備降落。因為原島老師希望他拍第四節課最後十分鐘的團體表演，所以他設定在下課鈴聲響起後，空拍機再離開操場。

黑田學長把久米的手機從空拍機的遙控器上拿下來後放進口袋，裝上自己的手機，換了空拍機的電池，然後走去中庭。

他拍了等在那裡的敦子學姊，和其他幾組三年級學姊在中庭野餐吃午餐的風景後，又回到廣播室。

「宮本，對不對？」

黑田學長轉頭看著正也問。

「沒錯。」

「為什麼向宮本確認？」

白井社長再次問道。

「今天午休時間由我負責放音樂，黑田學長走進來說，他還沒有吃午餐，所以我就把原本打算留在放學後吃的麵包給他，由我收好了空拍機。」

黑田學長點著頭表示贊同。

「豆沙和奶油的法國麵包三明治超好吃。」

「因為是『貓熊麵包』啊。」

不知道他們是發自內心，還是為了緩和大家的心情而故意搞笑。如果是後者，我會忍不住生氣，現在根本不是搞笑的場合。

「所以正也收好空拍機後，久米的手機呢？」

我在發問時，盡可能避免自己的語氣咄咄逼人。

「黑田學長問我，久米沒有來廣播室嗎？我回答說，她沒有來，要不要我送去她教室？但因為上課鈴聲快響了，而且電池也剩下不多了，所以就插在充電線上，我們一起離開了廣播室，對不對？」

正也看著牆邊桌子的筆電旁露出來的充電線回答後，向黑田學長確認。

「廣播室的門沒有鎖，妳的手機長時間放在這裡，不會感到不安嗎？」

白井社長問久米。廣播室和教師辦公室、事務室一樣，每天早晚由輪流負責鑰匙的老師開門和鎖門，但因為廣播社有時候會協助本地的一些活動，假日也可能出入廣播室，所以廣播社也有一把鑰匙，目前由白井社長負責保管。

「啊，不，還好……」

久米吞吞吐吐地回答，白井社長見狀，似乎恍然大悟，說了聲「對不起」。

白井社長應該不知道久米有手機恐懼症，但從正也寫的廣播短劇〈圈外〉，和久米在社長推薦之前，都沒有使用LAND，可能猜到了什麼。

「因為我沒有和黑田學長約好還手機的方法……因為第五節課是英文課，我想準備一下小考，所以中午沒有來廣播室。昨天晚上我很想看一個節目，所以來不及預習……」

雖然社長已經道歉，但久米仍然說明了沒有來廣播室的理由。

「之後呢？」

我看著久米以外的人問道。

「你是問放學後嗎？」

白井社長回答，她直視著我。

「放學後，我和蒼最先來到廣播室，之後翠理、久米、宮本和黑田相繼走了進來。黑田來不及放下背包，就拔掉了手機的充電線，交還給久米，我問他拍了什麼。他說拍了三年級男生的團體表演，聽起來很好玩，於是大家就一起看，沒想到……最後拍到了那一段內容。」

我察覺到社長看著我的手，才想起我一直拿著久米的手機。我用放在口袋裡的一小塊擦鏡頭的布，擦了擦沾到我很多手汗的手機，交還給久米。

自從經常有機會攝影後，我隨時都會帶在身上擦鏡頭。

久米一臉歉意地雙手接過手機。因為明明不是久米想要拍下那段影片，我卻顯得心浮氣躁，好像是久米做了這件事。

「所以那是午休時間剛開始的時候。」

我努力平靜心情，緩緩對其他人說，但還是省略了關鍵的部分。

那就是「良太在社團活動室前拿著點著的香菸」這件事。

「並不是拍到他在抽菸，如果他抽菸的話，應該會在活動室內抽完，然後湮滅證據。」

蒼學長說。

「良太才不會抽菸。」

我斷言道。良太很討厭抽菸，以前中學參加時，看到前來聲援的家長在體育場外抽菸，他也忍不住皺起眉頭，還說只要聞到菸味就想吐。

「我也不認為那是山岸抽的菸，如果他抽菸的話。可能他走進社團活動室後，發現有點了火的香菸，他慌忙拿了出來，結果又怕被別人看到，所以又逃回活動室。我覺得看起來很像是這樣。」

「我也這麼認為。」

當別人把我內心模糊的想法用言語表達出來後，就覺得一定就是這樣。

「久米，你可以把影片傳給我嗎？用隔空傳送傳給我。」

黑田學長對久米說。

隔空傳送是相同品牌的手機靠近時，就可以用感應的方式傳輸檔案的功能，十五分鐘的影片也可以一次傳送。

黑田學長想幹什麼？久田有點遲疑，但還是把影片傳給了黑田學長。黑田學長當著大家的面，拿出自己的手機，確認收到影片後，刪除了最後三分鐘的內容。

我……忍不住倒吸了一口氣。

「黑田，你想幹嘛？」

白井社長慌忙問他。

「集體表演在上課時間內就結束了，影片在下課鈴聲響起時結束也很正常。我會把這段影片傳給原島老師，因為他好像急著看影片。然後我會把集體表演的一部分內容剪接到畢業紀念ＤＶＤ上。這樣就完成了這次委託的內容，久米可以把影片刪掉。如果一開始就全都用我的手機拍攝，久米就不會有莫名的罪惡感了。」

「呃，那個……」

久米沒有說下去，但我知道她想說什麼。正也和其他學長姊應該也都有同樣的想法。

影片就這樣刪掉沒問題嗎？

「等一下，不可以刪掉，必須報告這件事。」

果然是社長表達了這個意見。

「向誰報告？」

黑田學長冷靜而又嚴肅地問。

「當然是學生指導課的老師之類的……」

「至少應該通知原島老師。」

蒼學長也和白井社長表達了相同的意見。

等一下。這句沒有說出來的話在我腦海中打轉。比起黑田學長的行為，他們說的話才正確。然而，一旦這麼做……

「你們有辦法對之後發生的事負起責任嗎？」

黑田學長用我從來沒有聽過的可怕聲音問。

「你要我們假裝沒看到嗎？」

白井社長反問，她完全沒有感到害怕。我只認識開朗的黑田學長，難道社長認識黑田學長這兩種不同的樣子嗎？

「你們想像一下正義的報導之後發生的事。」

黑田學長的語氣比剛才更加嚴肅。

良太……會被退社嗎？即使沒有遭到這麼嚴重的處分，可能也不會讓他參加下一次比賽，不讓他參加全國比賽。

白井社長沉默不語。

「但是我剛才也已經說了，山岸並沒有抽菸，非但如此，說穿了，也可以解釋為有人想要陷害山岸。既然這樣，不是更應該向原島老師報告嗎？」

蒼學長鎮定自若地表達了反對意見。蒼學長應該也了解黑田學長兩種不同的樣子，但沒想到竟然會有人想要陷害良太。

「我也覺得應該向原島老師報告。因為我認為老師願意聽學生說明，所以能夠很快澄清誤會……」

我也鼓起勇氣，表達了意見。黑田學長用力吐了一口氣說：

「一旦讓老師看了影片，不是就必須查證嗎？山岸為什麼會拿著香菸？無論是不是他自己抽了那支菸，那支菸都是在田徑社的活動室內，是其他人抽的嗎？所以是田徑社的人，還是外人？即使不是田徑社的人，也很有可能是青海的學生，在離全國比賽只剩下十天的這個節骨眼，還要老師分神去找是誰抽菸嗎？」

「這……」

我的想像力完全跟不上。

「町田，我問你，驛站接力賽是一個一個跑，所以不需要團體合作嗎？只要自己不是當事人，就能夠以最佳狀態上場比賽嗎？」

我默默搖了搖頭。我三千公尺的最佳成績不是在跑道上的成績，而是最後一次驛站接力賽的地區選拔賽的成績。我心裡很清楚，並不是因為先參加了在運動場舉行的比賽，驛站接力賽是在經過幾個月的訓練後舉行，所以成績有進步。

我要連同良太的份好好努力。這種想法成為了額外的動力。

「雖然表態有點晚了，我也贊成黑田學長的意見。」

正也戰戰兢兢地微微舉起一隻手，然後看著所有人說：

「在電視劇中，都是熱血教師一個人解決問題，但事實並不是這樣，尤其是最近規定，即使是很小的事，也都必須向校長或是其他老師報告，然後由所有老師共同決定。但是原島老師很可能為了保護學生，一個人扛下來，一旦日後事情曝光，老師就會受到處分，但如果遵守規定，在教職員會議上報告，老頑固的教務主任很可能一句話就決定田徑社不參加全國比賽。」

我聽到有人倒吸一口氣的聲音。是白井社長、翠理學姊和久米三個女生，白井社長很快就打起精神說：

「也許廣播社不報告這件事比較好……但這段影片還是保存在久米米的手機上，如果久米米感到有壓力，就存在那部電腦中。嗯，這樣比較好。」

「為什麼要保存這段影片？」

黑田學長難以接受地問。我也有同感。

「因為山岸可能會向原島老師報告活動室內有香菸這件事。」

完全有這種可能。我為什麼沒有想到這件事？白井社長繼續說道。

「但是，很有可能是社團內其他人想要栽贓山岸抽菸，因為很可能有人嫉妒山岸，然後說什麼山岸是因為抽菸的事曝光，所以才假裝是最早發現的人。如果遇到這種情況，這部影片就可以證明山岸只是發現了香菸而已。」

「對喔……」

我佩服不已。我的想像力簡直和社長相差了十萬八千里。

「那倒是，白井說的有道理，久米，那妳現在就把影片傳去電腦。」

黑田學長點著頭說。

「好，但十五分鐘的影片檔案太大，可能無法用電子郵件的附件傳送，所以留在我的手機上……」

「黑田不是已經儲存了集體表演的部分嗎？既然這樣，妳只要留下最後三分鐘的影片就好。這樣應該就可以傳了吧？」

白井社長俐落地發出指示。

「好啊。」久米開始操作手機。

「我傳了，也刪除了手機上的影片。」

久米向大家出示了手機螢幕，好像在證明自己說的話屬實。這時，她的手機剛好收到LAND的訊息，她慌忙放進了口袋。

「男生嗎？」

黑田學長開玩笑問，然後露出一如往常的開朗笑容，環顧著所有人。

「搞不好是原島老師抽的菸，聽了山岸的報告後，抓著頭向他道歉說，不好意思，不好意思。」

黑田學長用輕鬆的語氣說道，似乎表示這件事已經解決了。廣播室內原本緊張的氣氛似乎稍微緩和了。

「那就開始進行今天的作業，這個星期內要完成DVD的剪接，才能在畢業典禮之前完成，所以不要再接受任何人的拜託了。」

白井社長說完，拍了拍手，大家移動到各自的座位。黑田學長要我今天協助他剪接三年級生的午餐風景。

我打開筆電時，突然想到一件事。

原島老師第四節課時在操場上體育課到下課，根本沒時間抽菸。還是他回辦公室之前，無論如何都想抽支菸，於是就從操場直接去了活動室？這樣趕得上拍到的時間嗎？

大家應該早就想到這件事了。我調整了心情，坐在筆電前工作。

電腦收到了久米傳來的郵件，我確認了附件的影片。

良太在活動室前拿著點著的香菸……我不再產生動搖。

昨晚沒有睡好，在上課時猛睡，就連午休吃便當時，也差點不小心睡著。

我原本打算聯絡良太，但最後打消了這個念頭。因為我一旦問他香菸的事，他就會問我為什麼知道，我就不得不說出影片的事。如果問他最近有沒有發生什麼事，他可能也會起疑心。

我這麼告訴自己後閉上了眼睛，結果就做了夢。

良太在活動室內拿著香菸，驚慌失措，來不及捻熄，原島老師就走了進來。

——老師，我發現這裡有香菸。

——啊，不好意思，是我抽的菸。我剛點了火，就想去上廁所。

——老師，你不要嚇我好不好？

良太苦笑著。

不，這不是夢，而是按照我蹩腳的劇本上演的「如果這樣就好了劇場」。幸好從上午到午休時間，都沒有發現有其他同學討論田徑社或是抽菸的事，我暗自鬆了一口氣。

木崎最有可能探聽到消息，然後四處散播。我忍不住看向教室內的女生，大部分女生都已經吃完了便當。這時，木崎從書包裡拿出一個大盒子。

「這是我為情人節試做的，妳們嚐嚐味道。」

說完，她拿出像是餅乾的東西拿給和她一起吃便當的同學，然後又起身拿給周圍其他人。她給了所有女生……不，她沒有給久米。她走到久米面前遞上盒子，接著把盒子收了回來。

她還在做這種陰險的事嗎？而且當著大家的面，明目張膽地做這種事。

可能我在不知不覺中瞪著木崎，不小心和她四目相對。她竟然大步向我走來。

「我並沒有排斥她，町田，你們都是廣播社的人，你當然應該知道錯亂，不，是咲樂，她因為生病的朋友，所以戒巧克力這件事吧？你拿一個，堀江，也順便給你一個。」

她把盒子遞到我鼻子前。我聞到了巧克力甜甜的味道。是巧克力豆餅乾。「謝啦。」我旁邊的堀江拿起一塊餅乾，把盒子推到我面前。

「謝謝……」

我向她鞠了一躬，藉此表示「不好意思，我剛才懷疑妳」，然後拿了一塊餅乾。「真好吃。」我又補充了這句話，木崎心滿意足地走回自己的小圈圈。中途在久米面前停下腳步。

「上次真的很危險吧？希望她趕快好起來。」

木崎說得很大聲，好像故意說給我聽。久米露出不知所措的表情點了點頭說：

「嗯。」

雖然我完全無法感受到木崎的善意，但同在廣播社的我完全不了解久米的這些狀況，只能默默看著她們。

那種疾病叫什麼名字？克隆氏症。久米為了深受這種疾病折磨的朋友戒了巧克力嗎？木崎說，上次很危險，是不是那天去KTV時，那個朋友出了什麼狀況？

我無法直接問久米，久米也沒有向我露出求助的眼神。

小田從書包裡拿出文庫本問久米，妳有沒有看過這本書？木崎若無其事地走回自己朋友身邊，開始討論最近出道的偶像團體。

放學後，我在廣播室前遇到了久米。

妳沒事吧？我正在遲疑該不該這麼問她，正也走了過來。雖然我鬆了一口氣，但三個人一起走進廣播室後，我決定問久米。

「久米，妳為了那個得了克隆氏症的朋友戒巧克力嗎？」

怎麼回事？正也露出納悶的表情，伸長了耳朵。

「對不起，我應該在第一次拒絕巧克力時說清楚……真的對不起。」

久米一臉歉意地鞠躬說道。

「妳不必道歉，我才該向妳道歉，不該問妳私事。」

「不會。」

久米抬起頭時，臉上的表情很嚴肅。

「我在中學時就已經學到，在拒絕的時候應該說清楚。木崎之所以會討厭我，也是因為之前上烹飪課，我和她同組時，沒有說明理由，就拒絕了她做的巧克力慕絲，說我不能吃，然後送給坐在我旁邊的同學。木崎很擅長做甜點……」

我想像著久米和木崎被分在同一組，但隨即搖了搖頭，認為這不是重點。

「她不能因為這樣，就用那種惡劣的態度對待妳。」

「雖然是這樣，但我也沒有汲取教訓。當時還來學校上課的朋友為了巧克力的事，去找了木崎，說是因為我和她說好要戒巧克力為她祈福。不，是我讓她去說那些話，但因為她和木崎的關係也不太好，所以非但沒有澄清誤會，反而被人在網路上攻擊，說她裝病，說她得了公主病，還有推甄的事……在升學的問題上也攻擊她……她拒學是我造成的。」

久米的手機恐懼症也許不是因為自己受到誹謗中傷，而是因為她的朋友遭到攻擊。如果可以，真想把午休時吃的餅乾吐出來。

「辛苦妳了。」

正也說。我們這才發現一直站著說話，於是就在桌子角落坐了下來。

「但是，久米米，啊，不是啦，因為二年級的學姊都這麼叫妳，所以我覺得也可以這麼叫妳。」

正也抓著頭笑了起來。

「妳上次是在我把巧克力醬淋在薯條上時，說自己戒了巧克力。如果是我，看到薯條就根本沒辦法談認真的事，妳還老實告訴我們，妳在戒巧克力，這樣就足夠了啊。」

沒錯，沒錯。我用力點頭。每次都這樣。為什麼我自己沒辦法說出這種話？我忍不住有點嫉妒正也。

「謝謝，但是如果以後我有什麼沒有表達清楚的事，你們隨時提醒我，不要客氣。」

久米露出一絲笑容，肩膀似乎也放鬆了。

我也要說一些中聽的話。我正在思考，門打開了，聽到黑田學長開朗地說：「打擾了。」二年級的學長姊都走了進來。我懷疑他們剛才在門外聽我們說話。

一旦關上門，隔音效果很充分，只不過我不知道剛才有沒有關好門。

對了。我想起有事要向白井社長確認，於是走向正把筆記用品放在桌上的社長。

「關於畢業紀念ＤＶＤ中社團活動的部分，田徑社的長距離組經常在校外訓練，所以在校內拍的影片幾乎都沒拍到他們，可以把三崎友好馬拉松的影片也剪進去嗎？」

「應該沒問題，但是三年級生也有參加嗎？」

聽到社長這麼問，我才發現我忘了確認這件事。在持續追蹤採訪田徑社後，慢慢可以分辨三年級和二年級的學長，但在馬拉松比賽時，我只認識良太，完全不認識其他人。

「我來確認一下！」

今天就專心做這件事。正當我這麼想的時候，聽到了門打開的聲音。社團所有人都到了。原來是秋山老師。雖然之前她開車送我們去拍攝，彼此的關係稍微融洽了些，但她之後從來沒有來過廣播室。

「找我嗎？」

正也問。他是秋山老師班上的學生。

「不，我要找所有人。我有事要告訴大家，可以請你們放下手中的事，都坐下來聽我說嗎？」

老師的語氣很沉重，表情也很嚴肅。我內心湧起不祥的預感，在桌子旁的固定座位坐了下來。平時坐在上座中央的白井社長把椅子向旁邊挪了挪，為老師拿了原本放在牆邊的鐵管椅。

「謝謝。」老師小聲道謝後，淺淺地坐在椅子上，看著所有人。也許是因為老師剛好坐在我對面，最後她注視著我。

秋山老師吸了一口氣，好像下定了決心。

「原島老師說，希望你們停止採訪田徑社。」

我倒吸了一口氣，無法把氣吐出來。除了我，其他人也……沉重的氣氛持續片刻，老師微微歪著頭。為什麼？沒錯，為什麼？她可能很納悶，這些學生為什麼不問理由？難道知道什麼事嗎？

但是，不一定是影片的事。我可以發問嗎？

「為什麼？請告訴我們理由。」

蒼學長語氣平靜地問。

「沒錯，我們要知道理由！」

白井社長附和著，她似乎也想到了這件事。

秋山老師再次看著所有人，這次的視線沒有落在我身上，而是停在白井社長面前。

「這件事請你們不要說出去，不瞞你們說，原島老師放在辦公室的電腦收到了疑似田徑社成員在學校內抽菸的影像，接下來要針對這件事進行調查，所以希望你們停止採訪。」

我的腦袋就好像點擊了儲存的檔案般，浮現了那段影片。

良太。我拚命忍住差一點叫出來的這個名字。

良太，你沒事吧！我握緊了放在腿上的拳頭，拚命克制著想要跑去找良太的衝動。

炸雞塊發出淡淡的生薑香氣，我抬起原本看著炸雞塊的雙眼，看到了我媽一臉擔心的臉。

「發生什麼事了嗎？」

我媽多久沒有問我這句話了？即使我因為膝蓋受傷而陷入沮喪的時期，她也不曾這麼直截了當問我。喔，那是因為她知道我沮喪的原因。我想起我說了「開動了」之後，在吃晚餐時一句話也沒說。

雖然我向來沒有在吃晚餐時，把一天發生的事向我媽報告的習慣，但自從開始使用空拍機後，我經常和她聊空拍機的事，也曾經給她看手機上的影片。我媽每次都稱讚我，只是每次都說「簡直就像職業攝影師拍的」這句話。

但是，我們並不是每天都一起吃晚餐。

不知道是否為了幫我多存點學費，還是因為我已經到了即使夜晚獨自在家也沒有問題的年紀，所以我媽上夜班的頻率增加了，我好久都沒有和她一起坐在桌前吃晚餐了。正因為難得一起吃晚餐，所以她今天炸了一大盤我最愛吃的炸雞塊，因為比起重新加熱，絕對是剛炸出來時比較好吃，而且她昨天就用特製的醬汁醃漬了雞肉做準備。

我慢吞吞地吃了一塊之後就放下了筷子，我媽當然會發現「發生了什麼事」，而且簡直就像在主動告知自己有心事。

要不要和媽媽聊一聊？也許是因為那件事和我沒有直接關係，所以我才會產生這樣的想法。我沒有回答我媽的問題，而是吃了一塊炸雞。咬了很久仍然無法吞下去，最後喝了一口麥茶，終於把雞肉吞了下去。

以前曾經發生過炸雞塊吞不下去這種事嗎？之前為自己的事煩惱不已時，反而暴飲暴食，整天吃不停。因為我不想胡思亂想，因為我知道無論怎麼煩惱，都無法改變自己面對的狀況，所以讓自己整天只想著吃。

因為擔心的事不一樣。這不是第一次為良太擔心。之前也曾經為他受傷，為他沒有獲選參加驛站接力賽的縣賽擔心，難道是因為良太這次面臨的危機和之前不一樣嗎？

「對不起，妳特地為我做了這些，但我也搞不清楚到底發生了什麼事。」

我再次放下了拿起的筷子。

「沒關係，即使冷掉了也很好吃。」

我媽笑著對我說，我把已經湧到喉嚨口的「對不起」吞了下去，說了聲「謝謝」。

回到自己房間，倒在床上。

因為沒有吃飽，所以腦袋很清楚。秋山老師離開之後的廣播室浮現在腦海中。

是誰寄影片給原島老師？我聽秋山老師說話時，就立刻想到這個問題，老師離開後，我也渾身緊張，認為接下來一定會調查是誰做了這種事。雖然我不願意懷疑任何人，但那段影片儲存在廣播社的電腦內是不可否認的事實。

秋山老師傳達了必要事項後，就快步離開了廣播室，好像擔心我們繼續追問般逃走了。

——怎麼辦？

廣播室的門關上的同時，白井社長就喃喃地說。她的聲音不像平時那麼果斷堅定，可以感受到她的不知所措，我覺得好像說出了我內心的想法，所以也稍微放鬆了些……聽到她接下來說的話，我簡直懷疑自己聽錯了。

——要改題目嗎？

沒想到她不是擔心良太和田徑社，而是為自己，為廣播社擔心。

——比起這種事，不是應該先調查影片為什麼會流出去嗎？

我被自己的聲音嚇了一跳，也驚訝地發現自己猛然站了起來。

——主祐，你不要激動。

我整個人向前衝，所以正也抓住我夾克的下襬。沒想到白井社長說了更讓我啞然失色的話。

——你該不會懷疑廣播社有人把影片寄給原島老師？

難道只有我這麼想嗎？我收回了原本看著社長的視線，打量著所有人。除了低下頭的久米以外，所有人都看著我。我不知道每個人內心的真實想法，但覺得他們都在責怪我，而且也的確沒有人聲援我。

但是，還是針對這件事進行了確認。

——黑田，你確認一下寄給原島老師的影片。

黑田學長聽到社長這麼說，當場拿出自己的手機操作起來。他用好像特地給我看的角度遞過來的手機螢幕上，出現了三年級男生集體表演的影片，在連續打鼓宣布結束的幾秒鐘後，影片就結束了。

——更何況我是把這段影片傳到原島老師的手機上。

黑田學長瞥了我一眼，然後轉頭看著白井社長說。

為了謹慎起見，也確認了電腦。雖然也是由黑田學長操作，但在寄件備份中，並沒有寄給原島老師的紀錄。

——話說回來，在寄完之後可以刪除，所以也無法證明不是從這裡寄出去的。

黑田學長說出了我的想法。

——但是……我昨天說，這件事最好要向老師報告，為了避免不必要的誤會，所以我澄清一下。我並不知道原島老師電腦的電子信箱，如果要報告，也會直接去找老師，不會偷偷傳影片。

白井社長抬頭挺胸，語氣堅定地說。

——到此為止。

蒼學長開了口。

——照這樣下去，每個人都會開始主張自己的不在場證明，清查到底是誰幹的。我從一開始就完全不認為是我們中間有誰做了這件事。關於這段影片，大家也都表達了各自的意見，最後決定該怎麼處理。不光是白井，我不認為社團內有任何人有推翻當初的決定去告密的動機，相反地，反而擔心會對我們的活動造成影響。我希望你們可以回想一下秋山老師說的話。

我不知道蒼學長認為老師的話哪裡有問題。

——她不是說，原島老師電腦收到的是影像嗎？

秋山老師的確是這麼說。

——雖然影片也可以稱為影像，但原島老師會說，幫我們拍片，或是問有沒有當時的影片，至少我從來沒有聽他把影片稱為影像，所以我猜想，他收到的會不會是照片？那時候是午休時間，剛好有人看到，然後拍下那一幕也不意外。

如果是從校舍的走廊可以看到的地方，或許有這種可能，但在那種角落的位置，怎麼可能有人剛好看到？白井社長似乎也有同感，她「啊！」了一聲。

——搞不好真的是陷阱。可能有人把香菸放在那裡，然後躲在暗處偷拍。果真如此的話，如果我們的影片有拍到那個人，問題就解決了。

白井社長懊惱地說，但仍然抱著一線希望，重播了儲存在電腦中的那段影片。我也站了起來，走到社長身旁，目不轉睛地檢查著螢幕上的每一個角落，但除了良太以外，沒有發現任何人，也沒有看到偷拍的相機。黑田學長也加入了我們，快轉慢放了影片，結果仍然一樣。

搞不清楚是我還是社長發出了重重的嘆息聲。

——如果不是特地去屋頂起降空拍機，而是設置在社團活動室那棟房子，或許可以知道所有的真相。

社長對黑田學長嘀咕道。我聽了之後，也發現了根本的問題。在討論是誰寄了影像給原島老師之前，到底是誰把香菸帶去田徑社的活動室？

這是為了陷害良太嗎？還是有人香菸抽到一半，就放在活動室內離開了，良太不巧在這個時間點去了活動室嗎？

——也許不是針對個人，而是有人想要阻止田徑社參加全國比賽。

正也說道。雖然我之前完全沒有想到這個可能性，但現在認為最有可能。

——原島老師不是會和田徑社調查這件事嗎？我們在這裡討論也是白費口舌。

蒼學長說。大家認為紀實電視的題目，可以等原島老師的調查結果出爐後再決定，於是就開始分頭進行各自的作業，但不到十分鐘，白井社長說沒有心情，翠理學姊也說她好像有點感冒，於是就決定解散回家。

大家三三兩兩地離開校園，不經意地看向操場時，發現除了田徑社的長距離組以外，短距離組的人也沒有在操場上練習，只有足球社、網球社等其他運動社團像往常一樣繼續練習。

——簡直就像男校。

聽到白井社長的嘀咕，我看向操場，發現在操場上練習的有八成是男生，還是因為人數最大的足球社在操場中央練習，所以才有這種感覺？

——可能還殘留了以前男校的影子。

蒼學長說。青海以前是男校？我在內心大驚。我在中學三年級後半年，才因為想和良太一起參加田徑社，青海學院突然變成了我的第一志願，並不了解這所學校的變遷，也從來沒有翻開過錄取時拿到的介紹學校的小冊子。

——男女同校不是已經有二十年的歷史嗎？現在仍然感受到上個世紀的影子，不就證明這所學校進化的速度太遲緩嗎？

白井社長無奈地攤開雙手繼續說道。

——而且，雖然文理學程的男女比例各半，但靠體育專長推甄入學的人類科學學程有九成都是男生。之前聽說只會徵詢男生是否願意接受推甄。

——那是因為女子運動社團並沒有達到可以進軍全國比賽的程度，五年前，劍道社第一次進入全國高中校際運動會，之後就增加了女生推甄的名額。

黑田學長說。這幾個看起來和靠體育專長推甄入學毫無關係的學長姊，為什麼對這些事這麼詳細？

——因為女生的推甄名額很少，所以才無法像男生的運動社團一樣有好成績。翠理，妳說對不對？

——是啊，如果女子田徑社也有長距離組……久米米或許就可以在那裡大顯身手。只不過我們就會很傷腦筋了。

我覺得好久沒有聽到翠理學姊的聲音了。她的聲音的確不像平時那麼有精神。比起這件事，我第一次知道原來女子田徑社內竟然沒有長距離組。有時候會在操場上看到女子田徑社的成員，難道都是短距離的選手嗎？還是因為人數很少，所以沒有特別分組嗎？

我充分了解到自己對外界的事漠不關心。

走到車站為止，完全沒有提到影像的事。白井社長列舉了校內的男女不平等，蒼學長反駁說，男女平等並不等於女權至上。黑田學長則勸他們說，比起競爭，更應該思考和睦相處的方法。一路上都在爭論這個問題。

——紀實廣播乾脆就做這個題目，然後交給你們兩個人。

黑田學長說，正也也開玩笑說，早知道應該把剛才的對話錄下來，大家笑著解散了。

獨自一人時，腦海中自動播放了那三分鐘的影片。不知道此時此刻，田徑社如何討論這件事。

原島老師電腦收到的影像，真的和廣播社的影片無關嗎？白井社長說，她根本不知道原島老師電腦的電子信箱，但是我知道……

我猛然想了起來，因為我要把無反單眼相機拍攝田徑社的影片傳給原島老師，所以請他告訴我電腦的電子信箱。老師用螢光筆大大地寫在B5尺寸的活頁紙上，我雖然把紙翻了過來，但那張紙放在社團的電腦上很長一段時間。

任何人都可以看到，而且老師的電子信箱並不難記，即使不想特別記下來，只要看一眼，就會自然留下印象。

為什麼我剛才沒有想到這件事？不，我敢說出口嗎？

廣播社內就只有這幾個人，我有勇氣說出懷疑其中任何一個人的話嗎？

更何況到底要懷疑誰？

因為看著天花板，所以才會不停地想起那段影片。我振作精神站了起來，走到書桌前。但我不想讀書。

我打開電腦想要玩遊戲，想起必須確認一件事。雖然最好暫時擺脫關於廣播社或是田徑社的事，但畢業紀念DVD是另一回事。截止日期迫在眉睫。

我記得這台電腦中也儲存了影片。

我打開了「三崎友好馬拉松比賽」的影片檔案。

那是黑田學長用目前幾乎已經變成我專用的無反單眼相機拍攝的影片。我之前從來沒有仔細看過，但在播放影片幾分鐘後，我就發現黑田學長並不是只擅長操作空拍機而已。

黑田學長和我取景的方式很不一樣。我深刻體會到，我並沒有因為曾經是田徑選手，所以就拍得比較好。拍攝的對象不是「馬拉松」，而是「馬拉松比賽」，從黑田學長拍的影片，不僅可以了解到選手挑戰紀錄，也可以感受到地方城市舉辦活動的那種悠閒的熱鬧氣氛。即使是不擅長跑步的人，也會想去親眼目睹，感受一下氣氛。

但是，我目前的目的並非學習攝影技巧，而是要尋找是否有青海學院田徑社三年級學長姊參加馬拉松比賽。我完全沒有看到任何三年級的學生，參加那場馬拉松的都是驛站接力賽正式成員以外的一、二年級生。

並不是所有田徑社的三年級生都獲選參加驛站接力賽，那些無法成為正式選手，或是連候補也沒有希望的三年級生應該和其他社團一樣，在暑假之前，或是暑假時就已經退社了。

雖然曾經在運動強校參加運動社團，但考大學時未必能夠獲得推甄，而且高中畢業後，也未必會繼續參加田徑活動。為了能夠考上好學校，必須適時引退。

雖然影片拍得很棒，但無法用於畢業ＤＶＤ。

即使如此，我仍然決定看完，於是就用快轉的方式播放。然後按了暫停，倒帶了三分鐘，按正常速度播放。接著又倒帶三分鐘，放大了螢幕右上角的影像。

這兩個人為什麼會在一起？

兩個人都拿了一盒兩個裝的牡丹餅走到樹蔭下，其中一盒已經打開，兩個人各拿了一個，開心地吃了起來。原本脖子上掛著印了馬拉松比賽標誌，作為參加獎的毛巾，其中一人把毛巾拿了下來，兩個人分別拿著兩端，應該是……為了擦沾到了豆沙的手。

雖然很溫馨，不，是令人羨慕的景象，但這個畫面好像鳥雲般的煩悶在我內心擴散。

我嚇了一跳。因為我丟在床上的手機發出了聲音。

良太用LAND傳了訊息給我，說想和我單獨聊一聊。

良太該不會也在找罪魁禍首？然後也發現了那兩個人的關係，產生了懷疑？

他是不是懷疑廣播社也和這件事有關？

午休時，堀江問我是不是開始上補習班，但在第五節課的英文小考時，就發現我上午上課時都在打瞌睡，並不是因為用功到深夜的關係。

放學後，走去其他班級的教室補習時，堀江有點擔心地問我：「發生了什麼事嗎？」和我一樣必須去補習的堀江是因為橄欖球社的練習太累了，沒時間讀書。

以前讀中學的時候，這種事對我來說也是家常便飯，現在回想起以前訓練結束後，回到家倒頭就睡的感覺，不禁充滿懷念。我可能再也無法體會那種感覺了。

我媽擔心我就算了，連班上的同學都開始擔心，這樣可不行。今天也沒有聽到關於田徑社的傳聞，我當然不能表現出出了什麼事的態度。

「我為了社團活動，拿出所有壓歲錢買了一台筆電，結果整天都拿來玩遊戲。」

我這麼回答，然後抓著頭笑了起來。

「對了……」

堀江還沒有說完，就已經到了那間教室。如果他邀我一起玩遊戲，我就很難拒絕，所以暗自鬆了一口氣。

我不僅鬆了一口氣，還很慶幸今天要補習。

昨天晚上，偶然在影片中看到的一幕，意外發現了廣播社的某位成員和田徑社的人認識，然後就想到了陷害良太的動機。只不過我並沒有證據，只是看到某個應該不怎麼喜歡良太的田徑社成員，和廣播社的一名成員很開心地在一起而已。

據我所知，那個人應該不可能做損人的事。要在大家面前不經意地打聽他們之間的關係嗎？還是私下約出來，說出我的疑問？無論怎麼做，對方都很可能蔑視我，覺得我是個頭腦簡單而又膚淺的人。

而且在今天社團活動時，我必須假裝沒有察覺任何事。

因為我和良太約了今天晚上見面。

不知道是不想留下文字，還是用文字說不清楚，抑或是想要看著我的表情說話，良太傳訊息給我，說想和我當面談，而且要約在學校以外的地方見面。

雖然良太並沒有提到香菸或是影像之類的文字，但他提到自己遇到了麻煩。我認為他告訴我這件事，並不是向我這個朋友傾訴煩惱，而是他懷疑自己遇到的麻煩與廣播社有關，想要試探我是否知道這件事。

試探？不，良太真的傷透了腦筋。

在和良太談這件事之前，我不能貿然行動，但一旦去了廣播室，所有人應該都會發現我悶悶不樂。即使大家都知道我在為良太擔心，也會發現和昨天不一樣。如果只是這樣也就罷了，白井社長很可能大聲問我，到底發生了什麼事？

一旦社長這麼問，到時候我到底該看哪裡？眼神一定會飄來飄去。啊，這就是所謂的「眼神飄忽」吧？

今天乾脆請假算了，但如果他們問我請假的原因呢？

黑田學長親自掌鏡，不可能沒有發現拍到那兩個人。不，黑田學長不了解驛站接力賽成員的實力，不知道誰最有機會擠進最後一個名額，所以可能不會想到和這次的事有關。

不是，是因為他相信社團成員。

因為我滿腦子想著這些事，所以補考又不及格，只能再補考，而且不是改天補考，而是成績出來後的三十分鐘後再考一次。

我比平時晚一個半小時才去廣播室，在廣播室門口撞見了秋山老師。

事情似乎有了進展，我不應該浪費時間補考。老師看到我，露出了帶著歉意的微笑。這是否代表並不是好消息。我想直接問老師，沒想到老師先開了口。

「我想學長姊會告訴你情況，但付出的努力不會白費。對不起，我無能為力。」

門內有什麼事在等待我？我覺得老師沒有說明情況，只是向我道歉很奸詐，但我沒有去追老師，鼓起勇氣，推開了沉重的門。

和昨天一樣，除了我以外的所有人都圍坐在桌子旁，但和我想像中的情況不太一樣。

黑田學長張開雙手趴在桌上，幾乎占據了半張桌子。白井社長拍著他的背，蒼學長在一旁對他說：「打起精神。」正也和久米一臉為難的表情看著學長姊，翠理學姊站了起來。

「要不要來泡紅茶？」

翠理學姊柔和的聲音滲進腦海，我忍不住凝視她。

「啊啊，町田。」

翠理學姊發現了我，露出了和秋山老師一樣為難的微笑。町田？黑田學長也抬起頭看著我。

「我不行了，真想和你一起去喝酒。」

「你別說傻話了。」

白井社長拍著黑田學長的背。

「我請你吃冰淇淋。今天就大手筆，請你吃你最愛的哈根達斯，好，大家一起吃。」

雖然廣播室的暖氣並不理想，但沒有人對吃冰淇淋這件事提出異議。大家都感到很懊惱，發生了需要冷靜的事。該不會是要求我們的紀實電視不要介紹田徑社？

如果是這樣，最受打擊的應該不是黑田學長。

「我去買。」

正也說，離學校一百公尺的地方有一家便利商店。

「那我也去。」

「好，那我們一年級去買。」

我也舉起手。問了學長姊他們最想吃和次想吃的冰淇淋種類後，三個人一起走出廣播室。

「秋山老師來說明昨天的後續情況嗎？」

在學校時，我們聊著要吃哪一種冰淇淋這種無關緊要的事，一走出校門後，我立刻問正也。

「不，是其他的事。」

正也的回答令我感到意外。

「老師希望畢業紀念ＤＶＤ不要使用空拍機拍攝的影片，除此以外，還暫時禁止在校內使用空拍機。」

「為什麼？」

正也的話音未落，我就忍不住問。剛開始使用時，曾經擔心在學校使用會遭到抗議，但現在經常受到各個社團的委託，連學校正式的活動也可以用空拍機拍攝，簡直忘記當初曾經有過這樣的擔心。

「因為有一部分三年級學生向學生指導課提出了請願書，說侵犯了他們的隱私。」

「那用單眼相機拍攝運動會和文化祭的影片呢？是不是連畢業紀念ＤＶＤ都不要做了？」

「等一下回廣播社就可以看到請願書的影本。秋山老師說，有人認為空拍機就像在偷拍，感覺心裡很不舒服，說什麼在攝影者無法對視野範圍外所拍到的內容負起責任。」

原來還有這種看法。我無言以對。

「但是，又沒有去拍更衣室，如果要說隱私的話，可能是指拍到誰小考不及格必須去補習？但空拍機並沒有去拍那種不想讓人拍到的地方……」

我之所以語尾變得無力，是因為的確拍到了可能會侵犯隱私的影片。但如果是有人知道空拍機會拍攝，故意設下這樣的陷阱呢？

「我猜想可能就像是所謂正義的審判，只是用冠冕堂皇的文字寫得洋洋灑灑，但最初的契機並不是什麼大不了的理由。可能有人大學聯合入學考試時沒有發揮實力，正感到沮喪時，看到了空拍機，以為自己剛才沮喪的樣子被拍到了。即使一個人吃便當覺得沒什麼，但萬一被拍了下來，而且被父母看到，就覺得心裡很不舒服。」

「啊，我懂這種感覺。」

久米說。久米在剛入學時，獨自在逃生梯上吃便當。即使拍到這種畫面，也可以在剪接時剪掉，但被拍到的人可能很在意。

加油團在台上表演舞蹈時，也不是每個人都全神貫注地看著台上的表演。有人在打瞌睡，有人在閒聊，也有人在滑手機。我在拍攝時，都會盡可能不讓這種人入鏡，努力拍出加油團全力聲援，考生也因此受到很大鼓舞的感覺。

「但是如果禁止在校內用空拍機拍攝，不是就不能拍社團活動的影片嗎？這會不會太極端了？」

難怪黑田學長會沮喪。

「因為很難區分，所以這也是無可奈何的事。不過黑田學長為什麼說想和你喝酒呢？你去廣播室之前，他一直不發一語，趴在桌上。我自認也是空拍機團隊的成員之一，久米，妳說對不對？」

正也語帶不悅地說。

「是啊，明明是我抽中的空拍機。」

久米也難以接受。

「那是因為正也主要負責腳本，久米是以朗讀為主。」

「是嗎？先不論熱情，論才能的話，你在朗讀方面不是比攝影更有資質嗎？」

正也面不改色地表達了一針見血的意見。但我不知道自己和黑田學長之間還有什麼共同點，他看起來也不像特別喜歡我的個性。

既然這樣，黑田學長是否在我身上發現了攝影方面的才華嗎？但我突然驚覺，我雖然對禁止使用空拍機攝影感到遺憾，但並沒有因為這件事太受打擊。

反而為不是良太的狀況更加惡化感到鬆了一口氣。

雖然我們討論了一下，但只想到一個地方可以聊祕密。

那就是中學時代，每天早晚都去訓練的市民運動場。因為距離很短，即使騎腳踏車，也不會對膝蓋造成太大的負擔。我回到家後換下制服，中途去便利商店買了兩個肉包子，來到腳踏車停車場時，發現良太已經停好腳踏車，站在路燈下。

運動場內亮著燈，可以聽到有人在打棒球的聲音。我們沒有走進運動場，在外圍的長椅上並肩坐了下來。兩個人同時遞上便利商店的塑膠袋。

良太先笑了出來。因為我們買了完全相同的食物。

「但我們還是交換一個來吃。」我向他提議。

「那我就不客氣了。」良太說完，把手伸進塑膠袋。我也從良太的塑膠袋裡拿了一個肉包子，大口咬了起來。

良太帶來的肉包子果然有點冷掉了。

「我遇到麻煩了。」

良太吃完兩個肉包子，把裝了垃圾的塑膠袋塞進夾克口袋後，看著我說了這句話。我還握著塑膠袋，手掌心更強烈地感受著塑膠袋，思考著該怎麼回答。

「原島老師的電腦收到了抽菸影像的電子郵件，對不對？」

我只說了從秋山老師口中得知的事。

「沒錯，是我在活動室門口拿著香菸的照片。」

「照片……」我忍不住嘀咕，然後才發現我不該有這樣的反應。事到如今，我不能故作驚訝地問：「拍到的是你？」

「你果然知道什麼。」

良太的語氣一如往常的平靜，所以並不像在責備我。我是否該從空拍機攝影的事開始說起？還是從我的推測開始說？或是應該先問良太目前的狀況？

「圭祐……」

我還沒有想好，良太就開了口。

「你多信賴那個女生？」

意外的問題讓我張大嘴巴看著他。

「那個女生？」

我只能重複他的話。良太既然說「那個女生」，代表她和我們同齡，或是比我們年紀更小，但我「信賴」的人明明只有一個人。

「久米咲樂，那時候我看到她在逃生梯上。」

我說不出話，如果要回答，也只能說「我什麼都不知道」。我對良太懷疑的事一無所知。

第六章 反應鏡頭

我瞪著放在書桌上的手機左思右想。

我所不了解的久米。比方說，只要聯絡和她同一所中學畢業的木崎，就可以從別人口中了解她中學時代的交友關係。只要用LAND傳幾個字就可以輕鬆搞定，幾分鐘後，木崎就會樂不可支地提供超出我想知道的內容，甚至是我不想知道的事。

我之前完全不知道久米為什麼戒巧克力，木崎滿不在乎地說出了其中的原因。那並不是在說久米的壞話。雖然久米之後向我和正也說明了詳情，但她原本並不想告訴我們嗎？至少那次像是補充說明別人透露的事。

而且，木崎（即使我不是問木崎，而是問久米的其他中學同學也一樣）一定會納悶，我為什麼不直接問久米。於是就會穿鑿附會，猜想久米是否闖了什麼禍。木崎喜歡八卦，直覺也很靈，一定會去打聽學校內發生的事，可能會想到和田徑社有關，到時候就會根據田徑社的一年級生和我這些線索猜到良太。

這不是重點。無論向木崎打聽久米的任何事，即使只是和木崎討論要送什麼生日禮物，也會傷害久米。

所以還是直接找久米問清楚比較好嗎？

良太說出久米的名字後，就好像讓時間倒轉，淡淡地說出了他所遇到的事。

良太每天第四節下課後的午休時間，都會去社團活動室。

由於比賽器具都放在操場角落的田徑社專用倉庫內，所以活動室內空間很寬敞，設置了可以使用啞鈴等器材練肌肉的空間。

他每天都在那裡練習十分鐘後再吃便當。

這也是三崎中學田徑社每天必做的練習。我在中學時，也每天都一起練。

因為三崎中學沒有像青海學院田徑社那麼寬敞的社團活動室或是訓練室，也沒有像青海學院的體育專長推甄班那樣規定，除了典禮等活動以外，也可以穿社團的運動服或是學校的運動服上課，所以我們都穿著學生制服，做村岡老師所設計、結合伏地挺身和仰臥起坐的十分鐘訓練。

剛開始時，其他同學會調侃地問：「忘了寫功課嗎？」或是「這是懲罰遊戲？」但我完全不覺得丟臉。因為同年級不同班級的田徑社成員都會一起做，其他樓層的走廊上，也會看到學長或是學弟的身影，當傳來「一、二、三」的吆喝聲時，我們也會輸人不輸陣地大聲吆喝。

如果我也參加田徑社……第四節下課後，一定會馬上衝去社團活動室。即使周圍的人揶揄說：「真拼啊。」、「真的有效果嗎？」也會很坦然，甚至會得意地回答：「這是三崎中學的村岡式訓練法。」

良太在入學之後，就每天獨自練習。

——因為只有我是來自三崎中學。

良太露出了苦笑。他是否覺得，如果我也加入田徑社，他就不是一個人了嗎？

——公立的話，還是五本松中最強。無論是學長還是學弟，都很團結，大家都稱他們是五中軍團。

良太說完，輕輕嘆了一口氣。因為良太一開始就說了那個名字，所以我知道他為什麼提到五本松中。久米也是五中田徑社的人，我們曾經在村岡老師家聊到這件事。

吃了兩個肉包子，嘴裡的水分都被吸乾了，但我仍然忍不住吞口水。

——田徑社的活動室白天都不鎖門，除了我以外，也有其他人吃完便當之後，或是在課間休息時去活動室訓練，還有學長把課本放在置物櫃裡。

和廣播室一樣，但是老師和廣播社以外的學生進行校內廣播時，也會去廣播室。

——第四節課下課後，我在路上遇到運動服上沾滿泥土的三年級生，被嗆得咳嗽起來。走去活動室打開門一看，聞到了很臭的味道。我立刻知道是菸味，於是打量室內，看到練腹肌的長椅上有一個鐵罐，上面有一支點了火的香菸。那是食堂前的自動販賣機賣的玉米濃湯小鐵罐，那支菸幾乎快掉下來了，我慌忙拿了起來，走出活動室。我太大意了，早知道當場處理掉就沒事了……

——如果是我，也會這麼做，因為那不是自己抽的菸。沒錯，如果是自己抽菸，絕對不可能走出活動室。

——就是啊。我應該察覺到不對勁，馬上回到活動室，但我想知道是誰做了這種事，所以就左顧右盼，想找到那個人。結果就在三樓的逃生梯那裡……看到了那個女生。

——久米嗎？

——嗯。雖然有一段距離，但絕對就是她，而且我們也對上了眼，只不過只有短短幾秒鐘。我好像還看到了手機，那時候我才想到不對勁，慌忙回到活動室，把香菸踩熄後，放進了背包。

良太皺起眉，似乎想起了不愉快的事。我一時不知道該如何回答。久米竟然會去逃生梯那裡。如果良太沒有事先預告，我可能會崩潰。

我一時想不到該怎麼袒護久米。

校舍有四個樓層，四樓是三年級的教室，三樓是二年級，二樓是一年級，一樓是化學實驗室等特別教室。即使一年級生想要去逃生梯休息，也不會去三樓。

但是，久米那天午休時間一到，就馬上去那裡是有原因的。她要去拿設置在空拍機遙控器上的手機。

黑田學長在中庭的攝影結束後，似乎打算去廣播室把手機還給久米，但如果久米在午休時間需要用手機，比起在廣播室等待，自己去找黑田學長比較快。

如果她從黑田學長口中得知設定在屋頂起降空拍機，就會去屋頂等。

在等黑田學長時，剛好看到了良太，而且良太手上拿著香菸。她無法告訴任何人。我能夠理解她的這種心情。

但是在發現空拍機也拍到良太拿菸的畫面後，為什麼還要隱瞞自己也看到了這一幕？其實我去屋頂時也看到了。只要這麼說就解決了，也根本不會遭到懷疑。

但是，久米非但沒有提這件事，還對大家說，自己午休時在教室內預習小考，所以沒有去廣播室。她還補充說明，前一天晚上看電視，所以來不及預習。她是否為了隱瞞重要的事，所以才畫蛇添足地補充說明？

比起看到良太，久米是否想隱瞞自己在逃生梯這件事？

即使這樣，我或許該對良太說，因為久米想要去屋頂。良太看到我沉默不語，對我說了自己的推測。

他推測是不是久米把香菸放在田徑社的活動室內，然後躲在逃生梯那裡偷拍，避免被空拍機拍到。

——久米為什麼要做這種事？根本沒有理由啊。

我立刻這麼說。即使根據狀況研判，久米很可疑，而且她的言行也讓人難以理解，但如果不知道其中的理由，就不能輕易懷疑她。

但是，良太對這個問題也已經有了答案。他的情緒完全沒有激動，而且對我不知道這件事感到驚訝。

——原來你和她並沒有這麼要好。

良太鬆了一口氣說道，但這句話反而刺痛了我。

沒這回事。我帶著這樣的想法對良太說。

——我會確認。

然後我就回家了，但獨自一人拿出手機後，就僵在那裡。

我到底該向誰確認？

良太一定以為我要「向久米」確認，還向我道歉說：「對不起，拜託你這麼棘手的事。」我當時也打算向久米確認。

但是，我要怎麼問她？而且……我發現自己忘記了一件簡單卻重要的事。

因為久米在逃生梯時，手上應該沒有手機。

既然這樣，就更搞不懂久米為什麼要隱瞞當時在那裡。是否必須再蒐集一些證據再問這件事？可以向木崎打聽嗎？

而且可以用LAND談這件事嗎？會不會對留下文字紀錄這件事產生排斥而有所保留？那就無法稱為真心話了。

還是當面問久米吧。

已經有半年沒有帶著便當來到逃生梯了。

「今天的天氣很暖和。」

走在我前面的正也推開了沉重的門，仰望著天空說。今年全國都是暖冬，在電視上觀看的驛站接力賽，也因為連續兩天都是大晴天，各個區段都破了紀錄。

昨天晚上，我在廣播社同學年的LAND群組中傳了「我有事想和你們談」的訊息，並不是因為我怕單獨面對久米，而是覺得正也最好也在場。

「不穿外套也沒問題。」

我原本打算穿上下學時穿的刷毛夾克，但最後沒穿就走出了教室。因為沒必要讓班上的同學知道我打算去戶外，而且在走廊上等我的正也，也只穿了制服。

我們比平時多走了幾級樓梯。久米靠在水泥牆壁上，坐在三樓和四樓之間狹小的樓梯轉角平台。牆壁外是社團活動樓，所有活動室的門都關著，完全不見人影。良太在活動室內嗎？運動社團的人吃完便當後，是不是也會去那裡？

「這裡沒問題嗎？」

不安脫口而出。我起初提議在廣播室吃便當。雖然今天由二年級的人播放音樂，但只要交換就好，但是久米回答說：「我想去逃生梯那裡。」

如果要說明狀況，這裡的確更理想……

「只要說話小聲點，社團活動樓和校舍內都聽不到。」

正也打量周圍說道。我沒有告訴正也，今天要談什麼事，但他應該猜到是關於良太影像的事。

我們也坐了下來。

「便當……我等一下再吃。」

久米把腿上的便當袋放在一旁。

「那我也等一下再吃。」

邊吃邊談，可以避免事態變得嚴重；萬一說不出話，可以推說是被便當噎到了。我基於這種膚淺的想法，指定了午休時間，但無論怎麼假裝，也無法帶著野餐的心情談這件事。

「我就知道。」

正也從夾克兩側的口袋和長褲單側口袋中各拿出一個小鐵罐，放在每個人面前。原來是熱玉米濃湯。

「因為第四節課時去其他教室上課，我去食堂前的自動販賣機買了。最近二年級有些學長姊都很流行在第二節下課時喝這個，午休時間通常就賣完了，今天很幸運。」

不要一下子就拿出這種正中靶心的東西。我把無奈的嘆息吞了下去，瞥了久米一眼，但她低著頭，側面的頭髮遮住了臉，看不到她的表情，但她伸手拿起了鐵罐。

「好溫暖，謝謝。」

久米對正也露出笑容，我也跟著向正也道謝，但他立刻發現我說話有點生硬。

「圭祐，怎麼了？你該不會討厭玉米濃湯？」

「不，我喜歡啊。啊，但是，嗯……」

我雙手拿著鐵罐，低頭看著成分表，說出了昨晚和良太見面的事，同時也說明了香菸是在何種狀況下出現在田徑社的活動室內。

「那真的讓人很緊張，但越來越像是陷阱了。如果真的是他抽的菸，就代表經常抽菸，應該會帶可以放在口袋裡的菸灰缸。聽起來就像是平時不抽菸的人雖然準備了香菸和打火機，但在點了菸之後，不知道該放哪裡，於是在情急之下，隨便拿旁邊的東西來放。」

聽正也的語氣，可以知道他絲毫沒有懷疑我（或是良太？）在懷疑久米。他可能猜想我查到是廣播社二年級學長姊中某一個人幹的，所以由我們三個一年級生討論對策。

接下來的話難以啟齒。

「總之，香菸就放在這個小鐵罐上。」

我把玉米濃湯的罐子舉到眼前，上面寫著內容量是一百九十公克。

「良太慌了神，拿著香菸走出活動室，想要找是誰抽的菸……然後抬頭看向逃生梯。」

我聽到有人倒吸一口氣的聲音，我知道久米感到慌亂。我想問久米的並不是她是否在那裡。我下定了決心，繼續說了下去。

「久米，妳當時是不是就在那裡？」

「啊？呃，等、你在說什麼？」

我在等久米的回答，正也卻驚叫起來。即使我不理會正也，直視著久米，久米也不看我一眼。這不是只要不說話，就可以矇混過去的事。我只是想證明良太的清白。

久米是否真的曾經去逃生梯這件事，根本不需要向她確認。既然良太說看到了她，我就相信良太的話。我只想知道推測的部分。

「妳那個罹患了克隆氏症這種難治之症的朋友，是不是松本？」

「誰告訴你的？」

久米抬起了頭。看到她充滿不信任的表情，我暗自慶幸，幸好沒有問木崎。

「我聽了良太的推測之後，猜想可能是這樣，所以現在向妳確認。」

「山岸怎麼說？」

久米終於看著我。

「他懷疑是妳想要陷害他，讓松本哥哥可以參加全國比賽。」

「久米怎麼可能做這種事？」

「正也，你閉嘴。」

我也不想問久米這種問題，但我想知道事實。我必須把真相告訴良太。只是如此而已。正也不滿地拉開了拉環。

我轉頭面對久米。

「良太說，田徑社有許多五本松中的畢業生，他們感情很好，所以從他們的閒聊中，得知了一些隱私。松本妹妹在中學時代的表現比松本哥哥更出色，卻因為得了難治之症，上了高中之後，非但無法繼續參加田徑社，甚至連上學都有困難，松本哥哥為了鼓勵妹妹，每天早晚都比任何人都刻苦訓練，即使不在學校時，也持續訓練，而且他們還說，很希望松本哥哥能夠成為二年級生的代表……」

久米甚至沒有眨眼睛。

「良太也知道妳之前參加了五中田徑社，我忙著自己的事，幾乎不記得其他學校的選手，但良太想起曾經好幾次看到松本妹妹和妳在一起，而且妳們看起來感情很好，所以妳可能不是為了松本哥哥，而是為了好朋友才做這種事……良太這麼猜想。」

「最後竟然把責任推卸到別人身上？」

雖然正也帶著嘲諷，但我可以感受到其中包含了兩成左右的怒氣。

「不是。雖然久米曾經多次提到她生病朋友的事，之前說到戒巧克力時也一樣，但我竟然完全沒有想到松本妹妹。聽到良太的推測時，我才發現自己對別人漠不關心，缺乏同理心，所以我開始回想從認識久米至今的事，並不會因為久米的好朋友是松本妹妹，她就會做這種事。還有其他令人在意的事……」

「什麼事？」

「現在還不能說，在久米說出為什麼那天會在那裡，以及為什麼一直隱瞞這件事之前，我不能說……現在沒時間了。」

良太說，原島老師已經做出了決定，我把這個決定告訴了他們。

久米瞪大了眼睛，然後低下了頭。她沉默不語，我焦躁難耐，拉開了拉環。原本以為玉米濃湯已經冷掉了，沒想到還很溫暖。

「那個……」

久米跪坐在冰冷的水泥地上看著我。

「我那時候的確在逃生梯那裡，因為我打算去向黑田學長拿手機。不瞞你們說，我朋友……松本妹妹，她叫春香，她是我唯一可以直接叫名字的朋友，她從年底之後，身體狀況就不太好。也許是因為內心感到不安，所以經常用LAND傳訊息給我。春香知道青海的上下課時間，如果我不在休息時間馬上回訊息給她，她就會心神不寧。」

我無法輕易附和，默默點了點頭，等待她的下文。我轉頭一看，發現正也也跪坐著。他似乎藉此向久米表示，正在認真聽她說話，但我無意這麼做。

「那天第四節課不是晚下課嗎？」

「好像是。」

因為第四節課之後是午休時間，所以有時候即使下課鈴聲響了，老師也會繼續上課到某個段落，但通常只是晚下課兩、三分鐘而已。

「下課之後，我立刻走出教室，從二樓的逃生口沿著逃生梯上樓，然後我就看到了手機。」

久米的話太出乎意料，我目瞪口呆。

「在哪裡？」

正也問。

「就在這裡。」

久米輕輕站了起來，把一隻手放在寬十五公分左右的牆壁上方，然後從口袋裡拿出手機，打開手機殼上所附的支架，把螢幕朝向內側，放在她剛才放手的位置。

我心驚膽顫，很擔心風一吹，手機就掉下來。

「是誰的手機？」

「沒有人在旁邊。不知道是放在這裡忘記了，還是正在拍攝什麼。我走過去察看，沒想到手機倒了下來。雖然為沒有掉到外面鬆了一口氣，但我很緊張，不知道該不該把手機放回原位。這時，看到山岸走去社團活動樓，然後走進田徑社的活動室，但又馬上走了出來。過了一會兒，又走了回去……我根本沒有發現他手上拿著菸，所以我當時想，原來那隻手機是從這裡在拍田徑社的活動室。於是我把手機放回原位，就回教室了。」

我在聽久米說話時，把她說的內容影像化。

「妳沒有去屋頂嗎？」

她看起來並沒有對手機倒下產生罪惡感，為什麼改變了行程？

「因為我想黑田學長可能在忙，而且也有點擔心沒有預習小考的內容。因為我前一天晚上在看電視。」

那不是她的藉口嗎？

「妳該不會是看神奇猜謎？」

正也拍了一下手問。

「沒錯。答題者的聲優隊中有小田鼬，他的表現太精彩了，我除了看現場以外，還錄下來看了三次。」

久米的表情頓時亮了起來，但隨即又收起了開朗的表情。

「春香也對小田鼬讚不絕口，說他很可愛，很博學多聞。因為前一天晚上，春香難得很開朗地和我聊這些事，所以我想那天即使沒有馬上和她聯絡，問題也不大，於是我就放棄去拿手機，也沒有去廣播室，回教室讀書了。」

原來久米完全沒有說謊。

「既然這樣，當妳得知空拍機拍到那段影片時，為什麼沒有告訴大家，在逃生梯上也看到了手機？至少應該在得知有人傳了影像給原島老師時告訴大家這件事。因為一定就是那個手機的主人幹的好事。」

我腦力全開，表達了意見。

「雖然那個手機很可疑，但良太拿著香菸走出活動室時，那個手機不是倒下來了嗎？應該只拍到天空。」

正也不需要特別動腦筋，就指出了重點。有道理。如果真是手機的主人幹的，久米可說是防患於未然，阻止了手機主人的計畫，即使這樣，久米也應該告訴大家，她發現了可疑的事。

雖然久米這個人很內向，但這種事應該……不，她沒有這麼做是有原因的。

我在腦海中將剛才的影像倒帶。手機是哪一個品牌？什麼顏色？手機殼上有沒有裝什麼？久米和我之前都使用沒有附支架的手機殼，為什麼又去買了支架裝上去？

「久米，妳是不是看到手機之後，認為在拍田徑社？然後是否發現之前曾經在廣播社內看過那個手機？」

如果手機的主人當時也在場，久米當然無法揭穿這件事。還是因為察覺到其中的原因，所以袒護手機的主人？

「這意味著，手機的主人是二年級學長姊中……的某個人？」

我能夠理解正也壓低聲音說話的心情。因為二年級的學長姊中，沒有一個人讓我們感到討厭，覺得最好是他或者她。

「但是我不知道原因，不想因為只是看到手機在那裡就懷疑人，而且有可能剛好有人用相同的品牌，相同的手機殼，也可能手機被人偷了，或是不知道會遭到濫用，答應為別人拍攝……」

久米說的沒錯。還有可能是共犯。田徑社的人把香菸放在活動室，由廣播社的人負責拍攝。理論上，這麼做最有效率。

「那我們就當面確認，由我來發問。」

我喝完剩下的玉米濃湯，這次比我想像中更冷。

放學後。二年級生要上第七節課，我們上完第六節課後，就在廣播室等幾位學長姊。我利用這段時間，讓正也和久米看了黑田學長用單眼相機拍攝的「三崎友好馬拉松比賽」的一部分影片。

我們沒有特別需要討論的事，也不想做其他事，但坐在那裡乾等又很不自在，於是我把散亂的東西放回架子上，正也遞給我一把掃帚。

「在滿是灰塵的地方談這種不開心的事，心情不是會更悶嗎？」

有道理。我點了點頭。久米也拿起濕紙巾開始擦桌子。如果這是為生日驚喜派對，或是慶祝成功進入J賽全國大賽做準備，不知道該有多好。

即使打掃完畢，也仍然不想坐下來，我們排成一排迎接學長姊。四名學長姊似乎都沒有其他事，像往常一樣，白井社長走在最前面，翠理學姊、蒼學長和黑田學長也依次走了進來。

「喂，怎麼了？三個人都露出嚴肅的表情，該不會說要退出廣播社？」

白井社長大聲說道。她似乎預感到發生了不好的事，所以想用自己的氣勢壓過去，避免氣氛太沉悶。其實完全沒有這個必要。

但她可能以為我們要向她坦承，其實是久米幹的，我們三個一年級生要共同為這件事負責。

「我們要向各位學長姊報告關於良……山岸抽菸影像的事。」

「……坐下來再說。」

白井社長降低了音量說，於是每個人分別在各自的座位上坐了下來。真是有強烈的既視感。這幾天都持續出現相同的畫面，讓我忍不住想要吐嘈。

「久米之前說了那天午休時沒有來廣播室的理由，但沒有提到午休時間前半段的情況。我們三個一年級生討論之後，得出了必須向各位學長姊報告的結論。」

我面對著學長姊，按照時間的先後順序，說明了久米向我們坦承的事，感覺像在朗讀下午上課時，在腦袋中構思出來的稿子。

「附有支架的手機殼嗎？我並沒有使用，因為體積很大，想要放在桌子上時，只要用鉛筆盒就搞定了。」

蒼學長從自己的夾克口袋裡拿出手機。

蒼學長說的沒錯。尤其我是後來才裝上支架，有時候會在口袋裡卡住，螢幕朝上放在桌上時也很不穩，但因為要自拍，所以還是用了支架。

「現在是怎樣？只想證明自己清白嗎？這種感覺太糟了，我可不會拿自己的手機出來。」

白井社長顯然已經知道是誰的手機了。

我也不希望最後變成質問當事人。

黑田要我幫忙拍田徑社午休時間的風景。因為那天黑田的手機要用於空拍機的拍攝，沒辦法用他的手機。我期待聽到這樣的說詞。

我平時午休時都在逃生梯練習發聲，為了確認表情和嘴形，我都用手機自拍。我之前也曾經建議町田和久米這麼做。我做好準備之後，因為覺得喉嚨有點怪怪的，決定去噴點潤喉噴霧，所以就暫時離開了。我期待聽到這樣的說詞。

我這麼期待。不知道其他人帶著怎樣的心情……看著翠理學姊。

翠理學姊坐直了身體，正視前方，不時閉上眼睛，微微深呼吸。簡直就像接下來要參加J賽播報項目的預賽。

但是，我遲遲沒有聽到她悅耳的聲音。我不希望她就像在準備播報項目的當天題目一樣，內心正在擬充滿謊言的稿子。

「原島老師對田徑社的成員說，要等三天，完全沒有說要做壞事的人自首，或是找出是誰幹的，只是叫大家等三天。」

翠理學姊的眼眸晃動。

「田徑社的人都很擔心如果無法在三天內解決這件事，可能就會退出全國比賽，他們都很焦急，甚至變得疑神疑鬼，氣氛很差……」

「町田，別說了。」

黑田學長低聲說道。為什麼要責備我？田徑社和良太已經沒有時間了。

「閉上嘴巴靜靜等待，否則怎麼有辦法做好心理準備呢？你們的田徑指導老師會在起跑之前，還在一旁嘰嘰呱呱下達指示嗎？」

「不會。」

我閉上了嘴。我能夠理解黑田學長想要表達的意思，但我不希望他把這種事和田徑，和曾經是我努力結晶的地方混為一談。

喀答一聲。

翠理學姊拿出手機，螢幕朝下，支架朝上放在桌上。

「手機倒下時，果然是久米把它扶了起來。」

「為什麼？」

翠理學姊用一如往常的柔和語氣說完後，白井社長忍不住發問。

應該是落入了什麼圈套。妳做了那種事嗎？妳毫不猶豫地拿出了手機嗎？為什麼還能夠一臉若無其事？為什麼不僅若無其事，還能夠這麼坦然？

翠理學姊的表情讓我越看越火大，但因為黑田學長剛才已經指正我，所以我只是瞥了翠理學姊一眼。

「因為我要拍山岸拿香菸的鏡頭。」

我覺得有一支箭刺中了我腦袋中心，那支箭慢慢地滲出毒汁。是誰發出了「啊？」的驚叫聲？又是誰發出又長又深的嘆息？

自己懷疑的對象承認了她所做的事，就讓我陷入這種心情，完全不曾懷疑翠理學姊的其他二年級學長姊，現在不知道承受了多大的衝擊。

「是有人拜託妳做這件事嗎？」

白井社長的聲音很溫柔。她還抱有期待，希望翠理學姊還是她認識的那個人。

「不是，我是自己做出這樣的判斷，然後採取了這樣的行動。第四節課時，我說自己感冒了，所以就去了保健室，在下課的十分鐘前，我謊稱要交作業，離開了保健室，然後從一樓的逃生門走了出去，去田徑社的活動室點了香菸，放在活動室後離開，沿著逃生梯上樓，在三樓和四樓之間的牆壁？還是叫圍牆，反正就是把手機放在上面，聽到樓上，應該是四樓的逃生門打開的聲音……雖然聽到腳步聲往上走，我暗自鬆了一口氣，但很擔心那個人很快就會走下來。於是我就從三樓的逃生門走進了校舍，回到教室內等待片刻後，再回去拿手機。」

聽了翠理學姊不以為意地淡淡說明，我雖然能夠在腦海中重現她的行動，卻不知道該從哪裡開始吐嘈。

「但是，學姊的手機不是沒有拍到關鍵的一幕嗎？」

正也的腦海中應該也播放著重現現場的錄影帶。他抱著雙臂，露出無法完全消化翠理學姊所提供資訊的表情。

「手機倒下期間，拍到了天空……和空拍機。我原本不知道黑田要用空拍機拍攝，所以很害怕……」

翠理學姊用力嘆了一口氣，我驚訝地發現她肩膀用力垂了下來。原本以為她泰然自若，原來她這麼緊張。但是，她害怕什麼？

「不知道空拍機從什麼時候開始拍攝？不知道有沒有拍到我？」

「妳當然會擔心這件事，只不過那時候雖然是上課時間，但妳的移動範圍很大，難道妳沒有想到，中途可能會被人看到嗎？」

蒼學長問。我也想知道這件事。難道她中途沒有改變主意，決定不要做這種事，決定要回頭嗎？

「我事先想好了在不同的地方遇到老師或是同學時要怎麼說，無論在各個點遇到，我都有辦法處理，只不過我事先沒有想好對於那條路線的藉口。」

她是指萬一空拍機拍到她的動線，她不知道該如何解釋嗎？

既然這樣……我下定決心開口問：

「萬一在活動室撞見良太呢？」

「如果是在點完菸之後，那就假裝是最早發現的人。」

她似乎事先已經想到了這種狀況。

「但是良太看到妳在田徑社的活動室內中，就會覺得奇怪……」

「我打算說，要送玉米濃湯給朋友。」

久米不發一語，雙手捂著臉。正也看了我一眼，然後低下了頭。

一個又一個堡壘遭到摧毀。不僅是我，久米和正也都期待翠理學姊只是共犯，只是負責攝影而已，卻用說謊的方式，想要獨自扛下所有的罪。

翠理學姊在說明整個過程時，並沒有詳細說明放香菸的方法，所以我內心仍然抱著一絲期待。原本打算等一下問她：「妳把香菸放在哪裡？」然後明確指出「現場的狀況並不是這樣，看來妳在袒護別人」，然後問出主謀的名字。

玉米濃湯……

「這不是藉口。如果只是去放香菸，中途可能會感到害怕，所以我安排了另一個目的。」

不知道翠理學姊如何看待我們這幾個一年級生的反應，她又補充了這件我根本不想聽的事。既然這樣，那就回頭啊，把玉米濃湯放在她朋友的置物櫃就好了。

但是，她點了菸。

「這樣啊，所以山岸拿著菸走出活動室。我之前就很納悶，她為什麼不把香菸塞進空罐裡，原來那罐玉米濃湯還沒有打開。」

正也自言自語地嘀咕，最後好像確認似地看著我。

「這是怎麼回事？」

蒼學長問，我告訴他，良太說，香菸放在玉米濃湯的鐵罐上。

「原來是這樣。雖然還安排了另一件事，但如果玉米濃湯罐用在這個地方，就不能說只是去送玉米濃湯，不知道香菸的事，或是謊稱走進活動室時，香菸就已經在那裡了，所以會在意有沒有被空拍機拍到。」

雖然蒼學長說話的語氣並沒有責備翠理學姊，但白井社長伸手用力捶了蒼學長的肩膀。社長一定心亂如麻，還無法理出頭緒，她無法把內心的怒氣朝向翠理學姊發洩，結果蒼學長遭到池魚之殃。

但是我很感謝蒼學長毫無懼色地用言語說出當時的狀況，讓事情有了進展。因為雖然能夠猜到翠理學姊是為了誰做這種事，但目前對寄到原島老師電腦中的照片仍然一無所知。

「我第五節課時也請了假。」

翠理學姊轉動肩膀，挺直了身體，她的聲音就像為紀實作品的旁白配音，好像在說和她無關的事。

「我沒有去保健室，來到了廣播室。因為我對空拍機一無所知，以為空拍機內有記錄影片的記憶卡，所以想來偷走。」

「太離譜了！」

黑田學長叫了起來，但立刻閉了嘴，不知道吞下了口水，還是壓抑著內心的情緒，他就像慭氣般沉默不語。

「我把空拍機從盒子裡拿出來，盒子裡面有說明書，上面寫著影片儲存在裝在遙控器上的手機中。黑田都看到了我做的事，太崩潰了。不，這麼說太誇張了。我失望地在旁邊的椅子上坐了下來，看到手機正在充電。那是久米米的手機，我想到空拍機拍到的影片可能就在她的手機裡，於是就打開看了一下。對不起，我未經妳的同意，就打開妳的手機。」

今天第一次道歉竟然是為了這件事？

「密碼呢？」

蒼學長問。蒼學長也幾乎不碰空拍機，所以他不知道。但是，他為什麼對空拍機沒有興趣？他並不是對機械一竅不通，而且是廣播社內最精通電腦的人，有時候影片太長，電腦當機時，一旁的蒼學長馬上就可以為我搞定。

「空拍機的盒子裡有一張便條紙，上面寫了兩串數字。起初我並沒有在意，但看到手機後，我猜想會不會是密碼，於是就輪流試了兩串數字。」

那是黑田學長和久米的手機密碼。雖然他們沒有簽下只用於空拍機攝影的保證書，但正因為相互信任，所以才會寫在紙上放進盒子。

「我看了影片之後，先為沒有拍到自己鬆了一口氣，如果集體表演更早結束，搞不好就很危險。」

「而且妳還看到了自己想要的畫面。」

蒼學長的話好像在誘導，白井社長這次用雙手從側面把蒼學長推出去。蒼學長的椅子單側離開地面，他靜靜地重新坐好，然後好像在拍除皺褶般輕輕拍了拍夾克的袖子，但並沒有對社長發脾氣或是抱怨，環顧所有人後，看向翠理學姊說：

「我把影片按了暫停，用自己的手機拍下了照片，趁自己改變心意之前，傳到了原島老師的電腦。」

當其他人和我看到影片大驚失色時，她已經把影像傳給原島老師了嗎？

「我之前偶然看到紙上寫了老師的電子信箱，所以就記住了。因為知道老師的信箱，才會想到這次的計畫。」

她的意思是說，一切都是我的錯嗎？因為我沒有好好保管重要的東西，所以遭到了利用嗎？如果不知道老師的電子信箱，她就不會做這種事嗎？

「這很難說，如果不知道原島老師的電子信箱，妳應該會傳給其他老師。妳是用自己的手機傳的嗎？」

蒼學長問，但也同時安慰了我。

「嗯，因為我幾乎沒有用過手機的電子信箱，所以還是買手機時設定的、隨機排列的英文字母和數字，所以我想別人查不到我。傳了之後，立刻重新改了電子信箱，但是不是一下子就可以查出來？」

我不知道會不會查到，但忍不住思考原島老師到底猜到了幾分。我越來越覺得，老師可能看透了一切，只是在測試我們。也許老師在操場時一直看著空拍機，看它是否順利拍攝。

然後可能眼角掃到了翠理學姊的身影。

話說回來，翠理學姊完全可以沉默以對，也可以說謊，但她絕對不是基於內心的罪惡感，才會這麼乾脆地和盤托出。真是太遺憾了。

因為我知道，這件事並不是只有良太一個人受害，還會波及整個田徑社。難道翠理學姊沒有聽過連帶責任這幾個字嗎？還是她認為那是過去的規定？她也許是為了自己喜歡的人做這件事，但是她難道完全沒有想到，這種輕率的行為，可能會對她喜歡的人造成負面影響嗎？

還是她承受了什麼巨大的壓力，導致這種想像也無法阻止她的行為？

「妳送玉米濃湯的對象是誰？」

蒼學長用和剛才相同的語氣，問了直逼核心的問題。翠理學姊柔和的表情頓時繃緊。

「這是我自己失控的行為，所以我會去找原島老師，這樣就行了嗎？」

這樣行不行？如果翠理學姊用強烈的語氣問，或許有辦法反駁：「當然不行。」雖然我對棒球並沒有熟到可以用來比喻的程度，但就好像投手丟過來一個速度很慢的球，雖然舉起了球棒，卻沒有揮棒，直到捕手接住了球，才驚覺應該「等一下」。

我必須向良太說明，翠理學姊陷害良太的原因。不，我想了解真相，我想知道為什麼會發生這種事。

該由我說出那個名字嗎？

「是松本。」

我瞪大眼睛，張大了嘴，看著黑田學長。

「為什麼？」

翠理學姊嘟囔著。

「黑田，你怎麼知道？」

翠理學姊話音未落，白井社長就用像是好幾年沒有說話的沙啞聲音問道。但是，沒有人追問，但我相信每個人的腦袋中都浮現了不同形狀的問號。

難道黑田學長喜歡翠理學姊，所以偷偷觀察她？

「馬拉松比賽。」

黑田學長冷冷地回答。原來和我一樣。我覺得自己太笨了，竟然沒有馬上想到這件事。那段影片是黑田學長拍的。

原來學長也發現影片拍到了他們兩個人在角落後方親密的樣子，但是他並沒有告訴廣播社的其他學長姊，也沒有調侃翠理學姊。我之前一直覺得黑田學長在四個二年級學長姊中最友善，現在發現他也很重視分寸。

「馬拉松比賽是什麼意思？而且為什麼一年級的學弟妹一副早就知道的樣子？」

白井社長一臉不滿地看著我們一年級生。雖然她故意誇張地嘟著嘴，但她內心是不是為翠理學姊沒有告訴她這件事很受傷？

「我上次製作畢業紀念ＤＶＤ時，發現黑田學長用單眼相機拍的影片中，拍到了翠理學姊和松本哥哥兩個人在一起。」

我明明沒有做任何虧心事，卻有一種祕密被人發現的感覺。

「什麼哥哥？」

對了。是不是就像當初我和良太懷疑久米時一樣，翠理學姊做這件事的動機是因為「哥哥」的關係？雖然從良太和久米告訴我的情況，我可以大致猜到，但翠理學姊不是應該自己說分明嗎？

原本分散的視線緩緩集中在翠理學姊身上。

翠理學姊再次像站在演講台上時一樣深呼吸後開了口。

「雖然我和松本不是讀同一所中學，但我們讀同一家英文補習班。」

竟然追溯到這麼久之前。我從來沒有上過補習班，第一次知道原來會在那裡遇到其他學校的學生。

「雖然當時我們沒有說話，但九月的運動會時，他是二年級的執行委員長，我是司儀，經常在一起討論。他對我說，以前讀補習班時就很在意我，因為我也覺得他很不錯，所以就很高興……」

翠理學姊語尾越來越小聲，低下了頭。如果立場相反，這簡直就像公開行刑。她沒必要說得這麼詳細，但選擇取捨她自己決定。

松本哥哥的確很帥。松本兄妹之所以受到矚目，當然是因為他們在田徑上持續創造好成績，但也有很大的因素在於他們是俊男美女。他們的臉都很小，腿很長，聽到曾經有星探找他們去當模特兒的傳聞時，我也完全沒有絲毫懷疑，只是發出欽佩的讚嘆聲，遠遠地看著他們兄妹。

所以翠理學姊是從秋天開始和松本哥哥交往。

「妳和松本在一起時都聊些什麼？」

白井社長似乎希望是松本哥哥慫恿翠理學姊做這件事。

「我們大部分都聊動畫影片……」

久米輕輕吸了一口氣。之前討論紀實電視的題目時，翠理學姊提出要採訪小田融的方案，或許就是因為松本哥哥的關係。

「雖然我們向來不會聊太多社團的事，但在決定紀實電視要採訪田徑社時，我立刻告訴了他。因為我很高興可以正大光明地參觀田徑社的訓練，沒想到松本露出為難的表情問，是不是採訪他？」

他是否對良太受到矚目感到不爽？

「於是我向他說明，這次的主角是一年級的町田，目的是透過他的眼睛看田徑社成員挑戰高中驛站接力賽。沒想到松本也認識町田，似乎很佩服町田為新的目標努力，還說很期待。」

即使在這種狀況下，得知松本哥哥認識我還是很高興，我鞠躬掩飾自己的害羞。

「雖然廣播社希望山岸成為正式成員，但我私心希望松本可以入選。」

「妳就為了這種事？」

白井社長洩氣地說。我內心也發出了相同的聲音。

「怎麼可能？我只是想為他做便當，用自己力所能及的方法聲援他。而且松本說，雖然山岸的成績有進步，但還沒有超越他，他很有希望入選，所以我相信他說的話。」

「既然這樣，為什麼……」

翠理學姊閉上眼睛片刻，她在回憶什麼事嗎？

「在去縣民森林廣場採訪之前，我們的感情很順利。我向黑田要了空拍機拍的影片，我們兩個人一起看時，他也很高興，說真是太厲害了，連我都有點想學如何操作空拍機。沒想到幾天之後，他突然用LAND傳訊息給我，說暫時不想和我見面。即使我問他原因，他也不回我的訊息，於是我就傳訊息給他，說我每天午休時都會去逃生梯那裡等他，直到他出現為止。第三天時，他終於出現了……」

翠理學姊是因為這個原因感冒嗎？

前一刻滔滔不絕的翠理學姊低下了頭。她抽泣了一聲，就像堤防潰決般淚流不止。久米立刻站了起來，把架子上的面紙盒遞給正在摸口袋的翠理學姊。

久米對松本兄妹的事了解多少？

正也從腳下的背包中拿出水壺，咕嚕咕嚕喝著水。社長當然用力瞪著他。

「因為空氣很乾燥，所以就忍不住想喝水。」

社長聽了正也用悠閒的語氣回答，似乎想到了什麼，建議翠理學姊也喝口水。我也要。那我也來喝口水。大家都紛紛說著，開始補充水分，黑田學長甚至用廣播室的即溶咖啡，為自己泡了一杯咖啡，被白井社長數落了幾句，但他並沒有因此為所有人泡咖啡。

翠理學姊把擦過眼淚的面紙丟進廣播室角落的垃圾桶後又坐了下來，進入了後半場（這是什麼比賽嗎？）。

「松本對我說，『我不能參加比賽了，如果不是廣播社多事，就不會有這種結果』，說完這句話，就走回了教室。」

幾秒鐘的沉默。難道翠理學姊說明完她的動機了嗎？

「松本的意思是，因為廣播社介紹田徑社，所以原島老師沒有選擇他，而是選擇讓山岸成為全國比賽的正式成員嗎？」

白井社長問翠理學姊，似乎想要藉由確認，明確了解這個問題。

「除此以外，廣播社還能夠產生什麼影響？」

翠理學姊第一次大聲說話，好像在責怪廣播社破壞了她和松本哥哥的感情。但是，真的是這樣嗎？原島老師真的會因為這樣的原因決定正式成員的人選嗎？是不是有其他原因？有其他和廣播社有關的原因……

我想起在縣民森林廣場之後採訪田徑社的情況，並沒有特別想起什麼。良太、原島老師……對了。

我站起來去拿筆電，然後回到座位後打開筆電。「怎麼了？」即使白井社長問我，我也無法回答。因為我正打算檢查筆電中是否有答案。

翠理學姊就是因為那段影片，才會得知原島老師電腦電子信箱。我打開了田徑社的成員離開縣民森林廣場，在公路的坡道上奔跑的身影。

原島老師問我，有沒有從正面拍到田徑社成員跑步身影的影片。

松本哥哥沿著坡道而下。我又慢放了這段影片，當他經過相機前之後，倒轉後再度播放。我一次又一次看著這一小段影片。

我曾經看過這種跑步的方式。雖然乍看之下沒有發現，但慢速播放之後，就可以看出特徵。松本哥哥跑步的姿勢，和良太之前膝蓋受了傷，卻隱瞞傷勢繼續跑的時候完全一樣。在小型地區比賽後，我重複看了我媽拍的影片之後，發現良太的重心比平時稍微降低，我當時以為他改變了跑姿，沒想到隔天星期一放學後，村岡老師就帶良太去了醫院。

「右膝似乎受傷了。」

我驚訝地回頭一看，發現黑田學長不知道什麼時候在我身後看著筆電。

「對啊，原島老師應該想確認這件事。」

「原島老師應該肉眼就發現松本的膝蓋受了傷，但當面問他時，他可能否認，所以老師讓他看了影片，解釋他因為忍著膝蓋的疼痛，所以重心偏離了，建議他暫停訓練，接受治療。」

黑田學長把螢幕轉向所有人，又重複了相同的話。如果這段影片作為證據使用，松本哥哥的確可能責怪廣播社。

「原島老師是為松本著想，避免他為了參加眼前的比賽，對日後造成無可挽回的影響。」

聽了白井社長的這句話，我想起了良太進入青海學院的推甄條件。這應該不是原島老師的方針，而是青海學院的方針，而且也向松本哥哥說明了這樣的情況。白井社長繼續說了下去。

「所以，根本沒有理由責怪廣播社。更何況松本是二年級學生，明年不是還可以參加比賽嗎？如果其他二年級的同學都成為正式成員，只有他是候補，或許還情有可原，但正式成員都是三年級的學長，他明年應該就可以成為正式成員，與其勉強參加比賽，導致膝蓋的傷更加嚴重，還不如為以後養精蓄銳，這種事就連我也能夠理解。」

「是啊。」

蒼學長也表示同意，但是翠理學姊搖著頭說：

「非今年不可，不，越快越好。因為松本這麼努力並不是為了他自己。」

說完，她拿起放在桌上的手機操作起來，然後把螢幕朝上，放在桌上說：「你們看這個。」那是報社的網路新聞。

『交給哥哥！帶著罹患難治之症的妹妹的夢想進軍全國比賽！』

啊啊！雖然我的聲音中不小心透露出嘆息以外的想法，但久米大叫一聲：「我知道！」淹沒了我的嘆息聲。雖然我沒有從久米的叫聲中感受到對翠理學姊的贊同，翠理學姊似乎得到了支持，露出了開心的笑容。

「久米米，之前討論紀實電視的題目時，妳說的那個朋友，就是松本的妹妹，對不對？言歸正傳，因為我之前根本不知道這件事，所以很納悶為什麼松本聽到廣播社要介紹田徑社時感到很為難。我產生了這樣的疑問後，就去查了一下，結果看到了這篇報導。」

報導中提到，「我每天訓練都比別人努力一倍，是為了能夠代替妹妹實現參加全國比賽的夢想，讓妹妹在與疾病奮鬥時能夠產生希望，讓她覺得努力一定可以得到回報。」

「我知道松本背負了這麼沉重的壓力，也知道他的時間緊迫……寒假最後一天，我們約好一起去看電影。我們在咖啡店等電影開場時，他的LAND收到了訊息，說他妹妹被救護車送去醫院，他就急忙回家了。那是松本很期待的電影，而且連新年限期販售的熱巧克力也才喝了一口就匆匆離開了。」

那一天，久米也匆匆忙忙回家了，而且之後木崎說，松本妹妹很危險。

「之後他妹妹的身體狀況漸漸穩定下來，他也傳了訊息給我，為自己提早離開道了歉，但並沒有向我說明詳細的情況，於是我決定假裝不知道他妹妹的事，默默支持他。如果他只是為了自己，明年也沒有問題，但是松本是為了他妹妹而跑，非今年不可，所以……」

難道翠理學姊打算用這番說詞，要求我們理解她的行為？我無法繼續沉默。

「所以妳覺得良太今年不參加也沒關係嗎？」

我聽到自己的聲音比想像中更加低沉。原來我可以發出這種聲音，到底是怎樣的感情讓我發出這種聲音？

「我查了校規，只要在家閉門思過兩個星期，同時禁止三個月的社團活動，禁止參加這段期間內的比賽，並不會被退社。」

所以就可以做這種事嗎？我緊緊握住雙拳。

「如果那天午休時間，不是良太，而是三年級的學長去活動室呢？」

「因為我知道只有山岸會在第四節下課後，立刻去活動室練習。因為我也經常在午餐之前，在逃生梯那裡練習發聲。」

「……開什麼玩笑！玩笑開大了！」

倒地的椅子發出了呯的聲響。我無法繼續坐在那裡。

「妳知道這件事，所以利用了這件事嗎？妳為什麼做得出這種事！妳自己也有夢想，也為了實現自己的夢想，把進入全國比賽為目標持續努力，為什麼會做出這種踐踏別人努力的事？今年還是明年這種問題並不重要，關鍵在於隨時竭盡全力面對眼前的挑戰。當事人只看到眼前的目標，至於受了傷該怎麼辦，或是要放棄預賽這種事，該由教練或是領隊決定。妳搞不清楚狀況的努力，根本只是努力的遊戲而已，妳這種人想當主播？妳能夠傳達什麼？」

「町田，別說了！」

又是黑田學長。我雖然很生氣，但我住了口之後才發現，翠理學姊無動於衷，只有我一個人情緒激動。

「町田，你也只是為自己努力，不是也有不了解的事嗎？」

翠理學姊語氣溫柔地說。唉，完了，她根本沒有聽懂我的意思。我扶起椅子深呼吸，重新坐了下來。

「即使背負著其他人的想法，但每個人骨子裡都是為了自己，松本哥哥也一樣。因為當努力得到回報時，自己不是會感受到最大的喜悅嗎？即使想讓別人開心，最終不也是因為看到對方高興，所以自己也很快樂嗎？更簡單地說，當努力得到回報時，超乎想像的快感會傳遍全身。為了追求這種快感，所以才會繼續努力。以今年的全國比賽為目標，將身心都調整到最佳狀態，即使只是候補選手，也會做好自己上場比賽的心理準備迎接當天的到來，甚至不惜隱瞞自己的膝蓋受了傷。正因為這樣，松本哥哥才會遷怒於廣播社。我能夠理解這種心情，但是冷靜思考之後，就會調整心情，告訴自己明年繼續努力。或許他也打算來向妳道歉。」

翠理學姊嘆了一口氣，似乎在表示根本不值得一談。

「町田，你再仔細看一下這篇報導。」

翠理學姊拿起螢幕已經鎖定的手機。

我的淚水在眼眶中打轉。難道真的這麼難以溝通嗎？

沒有人聲援我。難道其他人在製作作品的過程中，不曾有過這種感覺嗎？腳本呢？正也，在得知可以進入全國比賽時，難道不曾歡心鼓舞嗎？雖然這次不需要全力以赴，但即使能夠進入全國比賽，支持自己的動力不是還在嗎？不是能夠激勵自己向下一次目標努力嗎？

「即使妳打開了手機，那請妳也看一下同一家報社關於我的報導，因為在記者的筆下，我是失去了父親，為了獨自養育我的媽媽而跑。但是我之所以努力，是因為我想去參加全國比賽，因為我想和良太一起跑。」

說到這裡，我突然發現一件事。

「廣播社和田徑社不一樣，報導的目的不能為了自己……」

我站了起來，撿起腳下的背包背在身上。

「不好意思，我先走了。翠理學姊，妳會去向原島老師說明情況吧？」

我確認翠理學姊點頭後走向門口。因為我不想看到別人對我露出同情的表情。雖然我現在已經能夠跑了，但我仍然走得很慢，難道是內心期待有人挽留我嗎？

「圭祐！」

是正也。我不知道該露出怎樣的表情，只是停下了腳步。

「對不起！對不起……我不該邀你參加廣播社。」

我一下子衝出門外，頭也不回地離開了學校。

第七章　準備

在電視上看新年驛站接力賽的實況轉播時，我告訴自己，即使良太沒有成為正式選手，即使知道自己永遠不可能有機會在那個舞台上跑步，也想要親身感受全日本高中驛站接力對抗賽。早知道即使自己出錢，也應該去參觀J賽全國比賽的懊惱，讓我產生了這樣的想法。

全日本高中驛站接力對抗賽（有沒有像J賽這樣的簡稱？）是在京都舉行，比東京近多了，不需要向父母伸手要交通費，我把一部分壓歲錢裝在信封內做好了準備，但最後還是在家裡看電視轉播。

而且看電視轉播時還坐在暖爐桌內吃橘子，不時躺下來小睡一下，簡直就和看新年驛站接力賽時的樣子完全一樣。去冰箱裡拿飲料時也沒有加快腳步，或是覺得「我早就在等這一刻」，緊張地跪坐在電視前看比賽。

良太沒有被選為正式選手，松本哥哥也一樣。

這件事應該和抽菸沒有關係。

我還沒有當面向良太說明事情的原委，只是用LAND傳了訊息告訴他，那件事是廣播社的學姊幹的，學姊會直接去向原島老師說明情況。我無法自以為是名偵探向他邀功，說是自己為你澄清了誤會。

如果松本哥哥是共犯的話，或許就另當別論，但這次是翠理學姊獨自計畫，獨自做了這件事，也就是說，是廣播社的人失控的行為，該怎麼說……我和做壞事的人在同一個團體內。

真相大白後，廣播社決定暫停放學後的社團活動一個月。

白井社長用LAND傳了簡單的訊息給我，通知我這件事，但我不知道翠理學姊受到什麼處分，也不知道松本哥哥的情況，更不知道松本哥哥對這次的事了解多少，又如何看這件事。

我也不知道田徑社的人怎麼看廣播社的人，甚至不知道廣播社的人都在幹什麼。

自從那天衝出廣播社之後，就沒有再去過那裡，也整天避著同班的久米，她也沒有主動來找我。

時間好像停止了，每天都過得渾渾噩噩。昨天晚上是比賽前一晚，我帶著希望田徑社能夠順利參加比賽的祈禱心情，等到比賽官網公式公布所有參加學校各區段跑者名單的時間，立刻上網確認了青海學院的參賽名單。

看到學校名字旁沒有出現「棄權」這兩個字，先是鬆了一口氣，然後看了各區段跑者的順序表，看到沒有良太的名字感到很失望，完全能夠理解松本哥哥也沒有在名單內。那是誰上場比賽？我再度瞪大眼睛，看著手機螢幕。

所有選手都是三年級的學長，雖然先後順序改變，但和之前縣賽時的名單完全相同。

這意味著那位在縣賽後，大腿受傷的學長又歸隊了嗎？

不需要自己猜測，在第二個區段時，進行實況轉播的主播大肆介紹了這位學長的情況。

『林走太郎，為了跑步而生的男人林走太郎。』

林學長被主播用這種方式不停地叫著全名，他接過接力帶時排名第七，在三公里的區段內，獨占了攝影機超過五分鐘。因為他始終獨自在第一集團和第二集團之間奔跑，鏡頭很容易捕捉，而且他還有值得介紹的故事。

『他在二年級時第一次代表學校參加去年的縣賽時，以數秒之差屈居第二名，他在夢中也哭了好幾次，覺得如果自己能夠再跑快五秒鐘就好。』

雖然我對主播過度聚焦在選手個人身上進行報導產生了質疑，但這個令人感同身受的故事，讓我忍不住被吸引。

——應該可以鼓勵和你境遇相同的選手。

我拚命甩開突然在腦海中響起的聲音。

『但是，並不是只有自己感到懊惱。明年一定要進軍全國比賽。他和隊友相互激勵，在內心發誓，不可以再流淚，只能流汗。在東和學院大學期間，曾經連續兩年參加了新年驛站接力賽，四年級時更獲得區段獎的原島信幸教練的指導下，持續刻苦訓練。』

可以感受到主播不僅介紹林學長，似乎打算卯起來介紹青海學院這所學校。

『最後，他們終於拿到了夢寐以求的全國比賽門票。林選手負責第一棒的十公里，也獲得了區段獎，在和隊友感受這份喜悅後，卻發生了悲劇。他的大腿發生了肌肉拉傷，醫生說，需要七週才能痊癒。』

那幾乎就是縣賽結束到全國比賽開始的時間。即使順利恢復，也未必能夠馬上像以前一樣在場上奔跑。正因為這樣，我很希望良太有機會填補這個空缺，在縣賽中無法成為正式選手的田徑社其他成員，也為了爭取這個名額在訓練時最後衝刺。

不知道林學長帶著怎樣的心情看著這一切。田徑社長距離組的所有選手都接受了採訪，由我負責採訪，黑田學長掌鏡。

——雖然在決定能夠進軍全國比賽後，我的腿受了傷，讓我感到很懊惱，但我希望隊友不要擔心我，而是希望他們盡最大的努力迎接比賽。

林學長當時這麼回答。我之所以沒有深入追問他的腿傷，並不是因為擔心學長，或是有所顧慮。

雖然自己盡力拿到了進軍全國比賽的門票，卻無法用這張門票。這正是今年夏天，我在廣播社內所感受到的不滿，也是整個廣播社再三討論的問題。

我的眼中只有良太……如果三崎中學去年順利進入了全國比賽，不知道會如何決定參賽選手。終於能夠帶良太去參加全國比賽，能夠讓良太在全國比賽中大顯身手了。在沒有良太的情況下，其他人也努力做到了。起初一定會為此感到喜悅，也曾經無數次想像這種情況。

但是之後呢？良太要上場比賽，就代表參加縣賽的其中一個人無法上場。如果那個人是自己呢？

我滿腦子只想到對自己有利的事。向來討厭偏頗報導的自己，卻差一點用偏頗的方式報導。即使廣播社真正的目的是要重點採訪良太，但田徑社是因為我們當初說好要平均採訪所有人，才會同意接受我們的採訪。

實況轉播還在繼續。

『林選手的田徑人生都在對抗受傷這件事。』

主播介紹了林學長在小學四年級，參加社區運動少年隊田徑社的故事。我也是在四年級時，參加了學校的放學田徑俱樂部，所以豎起了耳朵。

林學長的經歷和我完全不一樣。學長在六年級時，就成為一百公尺賽跑的選手進軍全國比賽，中學一年級開始，成為本縣的青年奧林匹克重點培訓選手。然而，他亮麗的經歷總是伴隨著受傷。膝蓋受傷、肌肉拉傷……中學二年級韌帶受傷後，他改為長距離選手。

『即使如此，他仍然沒有放棄田徑。在本地的整復所擔任運動整復師的溝口康彥整復師，成為他能夠持續田徑的推手。林選手的住家走路到整復所差不多十分鐘，溝口整復師從林選手年幼時，就盡力協助他在田徑場上充分發揮實力，面對連醫生也束手無策的傷勢也不輕言放棄，不分晝夜地熱心研究最新的整復方法，協助復健，讓林選手能夠持續活躍在田徑場上。原本林選手已經對這次比賽不抱希望，多虧了溝口整復師，才能夠及時康復，參加今天的比賽。相信溝口整復師也正看著他有力奔跑的身影。』

我忍不住想，不知道能不能請那位整復師看一下我的腿。

也許際遇會影響人生。如果沒有遇見良太，如果村岡老師不是田徑社的顧問，即使我參加了田徑社，應該也不會有什麼出色的成績，在中學畢業的同時就放棄了。

如果沒有遇見正也……

——對不起！對不起……我不該邀你參加廣播社。

我搖了搖頭，甩開了這個聲音，凝視著電視螢幕。

實況轉播還在繼續。

『該校參加這次比賽的大部分選手在進入大學後，仍然持續田徑運動，但林選手決定要進入整復師的專科學校。他說，他拜溝口整復師所賜，才能夠渡過無悔的選手人生，日後希望能夠像溝口整復師一樣，投入畢生的精力，成為那些深受運動傷害所苦的選手堅強的後盾，這是回報至今為止支持他的所有人最好的方法……』

林學長拿下了接力帶，穿著綠色制服的青海學院第三棒選手舉起了一隻手，大聲喊著：「最後衝刺！」

『林選手交出了接力帶，我手上的碼錶顯示的成績是八分二十三秒，雖然無法獲得區段獎，但他刷新了個人的最佳成績。』

林學長綽綽有餘地突破了九分鐘的大關。

他雙手放在膝蓋上，彎著腰，用力喘著氣，眼淚就像潰堤般奪眶而出。良太拿著大衣跑了過去。良太的眼睛看起來也又紅又腫。

我發現自己的雙眼也噙著淚水，用運動衣的袖子擦眼淚時，鏡頭已經轉向青海學院前三百公尺的第一集團。

良太和松本哥哥應該都親身感受到林學長的遺憾。希望自己能夠獲選，遞補那個空缺名額。但這種想法也同時承受了必須帶著林學長的期望，在比賽中有不輸給林學長，甚至是超越學長表現的壓力。

良太和松本哥哥在如此鞭策自己的同時，明知道和自己的目的背道而馳，但仍然希望林學長能夠早日康復。

如果我當初能夠認真採訪林學長，是否能夠聽他親口分享溝口整復師的事，以及他想成為整復師的想法？

如果我能夠認真採訪，了解候補選手內心如何看待正式選手受傷而空缺的那個名額，翠理學姊是否就不會做出那種傻事？

這才是我採訪田徑社的意義所在。

雖然在使用空拍機後，正也教我從俯瞰的、鳥瞰的角度看問題，但我完全沒有成長。

我只考慮到自己和良太的事，不，我只想到自己的事，而且還認為自己站在正確的一方，撂下不負責任的話，離開了廣播社。

難怪廣播社沒有任何人傳訊息給我。

所以我才不想玩LAND……

我看著自己房間的天花板，又看著手機螢幕。

『希望在天堂的父親守護自己，為了回報辛苦養育自己的母親奮力奔跑！』

即使發現了自己的缺點，對這個標題所產生的感情仍然沒有改變，但發現了整個媒體界都會用這種譁眾取寵的方式報導。

第三棒之後，並沒有再重點介紹青海學院的選手。

雖然在每個區段都重點介紹了某位選手，但都像林學長一樣，著重在選手受傷，以及入學時無法跑出受到期待的成績而陷入瓶頸等選手本身受到的挫折，完全沒有提及選手的父母，或是有得了難治之症的家人之類的事。

進入後半場後，持續由第一名的學校一馬當先，於是開始著重介紹那名選手。並不是每一名選手都曾經遭遇挫折，不知道是否在事先的採訪或是問卷調查中要求所有選手寫下自己的「座右銘」，所以主播開始介紹選手的座右銘，我也聽得津津有味。

我不知道哪個部分是選手本人回答，哪個部分是主播自己添油加醋補充的內容。

主播說明了成為那些座右銘由來的戰國武將和幕府末期愛國志士，進而介紹了這些偉人和京都之間的花絮，簡直就像在說選手就是那些偉人投胎轉世，再度強而有力地在這片土地上奔跑。一方面是因為那天的天氣格外晴朗，透過實況轉播，即使坐在電視前，也可以感受到現場清新的空氣。

並非每一名選手的座右銘都出自偉人之口，也有恩師、父母的教誨和漫畫中角色的名言，五花八門，這些座右銘也都有積極正向而爽快的花絮，簡單地說，為「只是在場上奔跑」的選手增添了個性，讓觀眾情不自禁地想要聲援他們。

在實況轉播中，不時聽到「背負了○○的期待」這句話。

因為在最後區段爭奪第三名的其中一所學校，是代表去年遭遇大規模水災那一個縣進入全國比賽，而且最後一棒的選手老家剛好就在災情最嚴重的地區，主播也介紹了那名選手表示「希望自己在場上的表現能夠鼓勵家鄉的人」。

到底是出色的實況轉播，還是糟糕的實況轉播。是為了自己，還是為了別人。

我知道自己沒有資格評斷，但在了解這一點的基礎上，我仍然認為的確有可能是「為了家鄉」而跑，因為每一所進入全國比賽的學校，都代表了各自的都道府縣。

並非你、我的個人問題。

——你的努力應該可以鼓勵和你境遇相同的選手。我的工作就是以記者的身分向民眾傳達這些事，民眾有「知的權利」。

我操作著早就已經進入自動鎖定模式的手機，再次找出了那篇報導。

去年的驛站接力賽縣賽之前，曾經接受兩家本地報社的採訪。其中一家報社在〈圈外〉獲得J賽全國比賽資格時也曾經來採訪，記者在平等採訪社團所有成員後，稍微多提了在地區大賽中最活躍的選手幾句。

但是另一家報社的情況就不一樣了。

在接受採訪時，需要家長的同意書。我沒有多想，就把請我媽簽了名的紙交給了記者。

——你媽媽每次都會來看你比賽嗎？

這個問題是記者採訪時的第一個問題。我回答說，除非我媽上班，否則都會來看比賽。記者問媽媽做什麼工作，我在記者的引導下，滔滔不絕地聊起自己的家庭環境。

這當然是因為我個性太單純，但更重要的原因是，我向來不曾對自己的環境和境遇感到自卑。因為那件事而產生的後悔讓我了解到，人是因為有想要隱瞞的事，才會產生警戒心。

如果我曾經和父親一起生活，過著比現在更富裕幸福的生活，也許會覺得目前的自己很不幸，但是從我懂事的時候開始，生活中就沒有父親這個角色，媽媽也從來不曾為父親死去這件事嘆息或是有怨言，所以對我來說，這只是理所當然的生活。

和其他同學相比，我也不覺得自己特別刻苦，而且也讀了私立學校。

我在回答記者的問題時，內心沒有產生任何疑問，但漸漸感覺到有點不太對勁。

——所以你想好好努力，讓媽媽感到高興。

——嗯……但是我們一起努力……

——啊？所以你不感謝媽媽？你爸爸去世了，你媽媽連同你爸爸的份一起努力，你不感謝她嗎？

——不，我當然感謝媽媽。

為什麼會變成這樣？當我感到莫名其妙時，村岡老師開了口。

——這和田徑沒有關係，希望你不要追問學生的私人生活。

記者聽了之後，回答了我剛才回想起來的那句話。記者沒有看村岡老師，對我說了那句話，好像在告訴我，他才是正直的大人。

而且就連老師也無法事先確認記者寫的報導內容，一旦接受採訪，之後就只能交給記者和報社處理。

然後就刊登了那樣的標題。

那是我被認為是「雖然先天不足，但後天很努力的人」的日子。我覺得很丟臉，也覺得很對不起媽媽。

但我並沒有受到那篇報導太大的影響，是因為媽媽看了報紙之後，看起來也和平時沒什麼兩樣，而且原本關係疏遠的親戚也打電話來家裡，說爸爸以前在運動會和馬拉松比賽時表現也很出色，媽媽和我都很高興得知這些事。

如果那名記者知道後續的這些發展，一定會露出得意的表情。光是想像這件事，我就很火大。

但我也覺得因為良太沒有上場比賽，所以記者也沒有內容可以寫。如果良太克服了傷勢上場比賽，結果記者的報導仍然寫那樣的標題，我也許會更覺得欲哭無淚。

雖然學校和周圍的大人經常提醒我們，不要輕信網路消息，卻從來沒有說過不要輕信報紙上的報導。

我們明明可以針對這些事好好溝通。無論我和翠理學姊都一樣……

青海學院在全日本高中驛站接力對抗賽中獲得第六名。

如果沒有發生那件事，即使良太沒有成為正式選手，我也能夠傳訊息恭喜他。

明年良太終於要上場比賽了。要直接去京都……

二月的第一週，因為舉辦入學考試，所以學校放假，原本和正也約好（應該也會約久米同行）要去看那部熱門電影，我不知道該一個人去看，還是乾脆不看，獨自為這件事煩惱不已。那是根據校園推理漫畫改編的真人電影，而且也是我之前住院時，良太帶來給我看的作品，所以也想過可以趁這個機會和良太聯絡，但最後還是沒有付諸行動。

正當我為這件事舉棋不定時，堀江用LAND約我去看電影。在家靠父母，出門還是要靠同班同學。

堀江沒有看原著的漫畫，他似乎是為了飾演神祕美少女的女演員想去看這部電影，從我們約定見面的車站走去電影院途中，他獨自興奮地說著不知道美少女會不會被殺害？她該不會是凶手。然後又激動地叫我不可以爆雷，我沿途幾乎沒有說話。

我看過原著，知道神祕美少女是怎樣的角色，而且電影宣傳時也沒有提到和原著的結局不同，所以我連結局都知道。

即使如此，我仍然很好奇原著有很多集，要如何在兩個小時拍完整個故事。主角在解謎時，腦海中有一個宇宙空間，之前的謎團和線索都集中在那個宇宙空間，最後發生了大爆炸，我也很期待看到那一幕會以怎樣的方式呈現。

但是看著堀江的樣子，很羡慕他能夠在一無所知的狀態下接觸這個故事。真希望有一種藥，可以讓我在看電影時失去記憶。

我們都買了薯條和可樂套餐，一起坐在座位上，看到好幾個像是青海學生的身影。因為離開演還有一段時間，我很擔心堀江會聊到學校的事。如果他問我，是不是都躲著久米，我就不知道該怎麼回答，幸好堀江一直給我看他手機上那個扮演神祕美少女、他大推的那個女演員的照片。

這次的配角幾乎都符合我的想像，只有這個主角的人選出乎我的意料。雖然我這麼想，但即使打死我，我也不會對堀江說這種話。正當我忍不住苦笑時，電影開始了。

「謝謝你約我來看這部電影。」

電影結束，影廳內的燈光亮起的同時，我很自然地對堀江說。光是大爆炸那一幕就值回票價了。

堀江似乎也有滿腹的感想，於是我們走進了電影院一樓的咖啡店。堀江在咖啡店也一個人喋喋不休，我完全插不上嘴。

「最後為了保護那傢伙犧牲？竟然被十字弓射死，嗚哇……」

他唉聲嘆氣，簡直就像是他中意的女演員真的死了。但她的演技逼真，我忍不住在心裡為原本覺得不符合我對那個角色的想像向她道歉。

但是，我想聊其他的事，像是用空拍機拍攝在校園內追蹤凶手的場景，還有劇本的事。而且竟然在兩個小時內演完了十本漫畫的內容，但我喜歡的台詞一句不漏地出現在電影中。

堀江突然看向入口附近，跳下吧檯椅，深深鞠了一躬。我也看向那個方向，但不認識那個人。堀江又坐了下來，拿起了裝了咖啡的紙杯。

「你認識他？」

「對，他是橄欖球社的學長，應該也來看這部電影。」

「這樣啊……對了，之前在路上遇到你時，你不是曾經向黑田學長打招呼嗎？我聽說他是你的學長，該不會是網球社的學長？」

我想起堀江在中學時曾經參加過網球社。

「他的確是我中學的學長……咦，町田，你不知道嗎？黑田學長以前是很厲害的橄欖球選手。」

我露出錯愕的表情，堀江告訴我黑田學長以前有多厲害。他說話的語氣和剛才在談論心儀的女演員時一樣，不，更加熱情洋溢，興奮激動。

放假結束回到學校，我吃完便當，閉上眼睛深呼吸後，猛然站了起來。

「要不要我陪你去？」

堀江坐在椅子上抬頭問我。

「不，不用了，謝謝你。」

我走出了教室，以免自己退縮，說出「我看還是算了」之類的話。

即使是同學年，去和我同樣的文理學程教室，和要去班上所有人都是靠體育專長推甄入學的人類科學學程教室，需要不一樣的勇氣。

那是帶著「嚮往的地方」濾鏡的另一個地方。

而且還要再加上「上一屆」的負擔，我走上樓梯的腳步明顯比平時沉重。相反地，如果我轉過身，一定可以用比平時快一倍的速度，跑回自己的地盤。

圭祐，不能回頭。

——雖然我們的中學沒有橄欖球社，但附近有三葉電器的工廠和運動場，開了橄欖球社的青少年培訓教室。

堀江的聲音在我腦海中迴響。我也知道三葉電器是企業橄欖球的強隊，新年驛站接力賽第二天的賽事結束之後，就會在同一個頻道接著轉播橄欖球的決賽，經常會看到三葉電器的橄欖球隊上場爭奪冠軍。

——青少年培訓教室通常只收中學生以上的學生，黑田學長在小學五年級時，跟著哥哥去參加入隊考試，在工作人員的引導下參加了考試，沒想到竟然通過了，於是就成為提早入隊的特例。之後他進步神速，不僅在中學一年級時，就成為三葉青少年橄欖球的正式成員，還通過了U15日本隊的選拔，好幾次遠征海外。我哥哥是黑田學長的同班同學，聽說他在公假單上寫著要去「奧克蘭」，哪像我們光是畢業旅行去東京，就緊張得要死。

到底該由誰去東京？我不記得去年討論這個問題時，黑田學長露出了怎樣的表情，我應該根本沒有看學長。

——聽說黑田學長將以推甄入學的方式進入青海時，其他學長都欣喜若狂。因為青海學院在全國比賽時，每次都只能擠進前四名，所以很期待黑田學長加入後，能夠獲得冠軍……

我無暇關心橄欖球社內部的事，因為我聽到的一個字眼卡在我的腦袋裡。

推甄入學？是以運動資優生的身分嗎？我記得在廣播社的自我介紹時，黑田學長只說自己是「二年級」……

我走上樓梯，站在二年一級人類學學程的教室門口。不知道是否天氣太冷，教室前方和後方的門都關了起來。我當然沒有勇氣打開前方的門，緩緩把手伸向後方的門。

這時，後方的門猛然打開。

「啊……」

我差一點撞到從教室裡走出來的人，慌忙側身讓路，結果和對方四目相對。原來是松本哥哥。

「啊啊……」

松本哥哥似乎也認出了我。八成不是因為我以前曾經參加過田徑社，而是我是廣播社的人。最好的證明，就是他皺起了眉頭。我該說什麼？

「黑田？」

他問話的語氣格外溫柔，我鬆了一口氣，同時用力點頭。雖然我發揮了稍微有點進步的想像力，想像著黑田學長每天帶著怎樣的心情，走進田徑社、橄欖球社等各運動社團精銳的這間教室，但即使只是想像，也無法在那樣的教室內停留超過五分鐘。

但是，黑田學長就像走進廣播室時一樣，慢條斯理地走出教室，看到我之後，露出有點失望的表情笑了笑說：

「町田，原來是你。松本說，有廣播社一年級的學生來找我，我還期待是久米送巧克力給我，沒想到竟然是你……找我有什麼事？」

「那個……」

「畢業紀念DVD的剪接已經完成了。秋山老師在教職員會議上提出之後，校方同意用空拍機拍攝的學校活動和上課的影片可以使用，像是加油團表演的舞蹈，還有集體表演，聽說之後也會貫徹這個方針。」

「好。那個……」

我挺直身體，注視著黑田學長的眼睛，用力吸了一口氣，從腹部深處發出聲音。

「學長，真的很對不起！」

我深深鞠了一躬。

「喂、喂喂……」

黑田學長慌忙抓住了我的肩膀。我抬起頭，發現周圍聚集了很多人，於是急忙低下了頭。

「逃生梯那裡很冷……好，那我們去廣播室。中午應該沒問題。」

黑田學長逃也似地轉身離開，走下樓梯，我快步追了上去。但我們兩個人都沒有跑，並不是因為我們是遵守校規的好學生。

白井社長在廣播室內，她要播放音樂，同時看學生會和社團活動的聯絡稿。她在靠入口的房間角落，坐在鐵管椅上看英文單字的書。

「白井，我來接妳的班。」

黑田學長慢條斯理地說，社長抬起頭，看到我的時候，露出驚訝的表情。

「我留在這裡不行嗎？」

「如果妳想聽黃腔就沒問題。」

「真是的！」白井社長站了起來，把英文單字書塞進裝了便當盒的小袋子。

「記得確認麥克風的電源。」

白井社長丟下這句話就走出廣播室。她明明知道我們不可能聊那種事。黑田學長確認了校內廣播用的麥克風關著，打開放在牆邊的鐵管椅坐了下來，努了努下巴，示意我在白井社長剛才坐的椅子上坐下來。

要從哪裡重新開始？要再次向學長道歉嗎？

「你的道歉……應該不是為了ＤＶＤ剪接的事吧？」

黑田學長難得用這麼嚴肅的語氣說話。

「對。」

「八成是聽誰說了我以前曾經打過橄欖球，或是以體育資優生的身分推甄進入青海，所以反省了之前對我們說『你們根本沒有從事過運動，怎麼可能了解我的心情』的這句話，對不對？」

「對。」

「你聽說了我放棄橄欖球的原因了嗎？」

「聽說是身體出了狀況……」

「剛進青海，我就獲選為春季全國高等學校綜合體育大會的正式成員，我全力以赴投入比賽，沒想到帶球在場上奔跑時，突然眼前一片白色，然後就昏倒了。我完全不知道自己昏倒，連鼻梁都骨折了。後來發現是心臟的重要血管太細了，幸好血管沒有破裂，但不知道什麼時候會破裂，所以在四月底的時候，醫生告訴我，要避免劇烈運動。」

沒想到是這麼嚴重的疾病，而且這種疾病並沒有改善。我又疏忽了。照理說我應該想到，黑田學長在馬拉松比賽和運動會時並不是真心想要專心拍攝，而是是有什麼無法從事運動的原因。

「雖然我曾經想要退學，幸好校方同意我可以繼續留在人類科學學程，而且也可以在二年級時接受轉入文理學程的轉班考試，之後蒼和白井邀我加入廣播社，所以我的情況和你很像。」

「哪有……如果是我，不知道能不能繼續留在一班，不，我根本就進不了一班。」

我不知道可以針對這個話題談得多深入。

「之前聽白井談到你的事時，我不知道你是否真的放下了，得知田徑社邀你，你卻選擇了廣播社，就覺得你根本不需要我的建議，但現在還是覺得那時候應該和你單獨聊一聊。雖然我們現在就在做這件事。」

我很想再度向黑田學長道歉。每次我快要失控時，學長都為我踩了煞車。我在了解了學長的狀況之後，才終於發現這件事。

「人類科學學程其實就是體育資優班，在別人眼中，不是都會覺得很帥嗎？事實上，班上的同學在午休時間被女生找出去更是家常便飯，如果我的鼻梁骨沒有骨折，應該也會有不錯的行情。」

我覺得你的傷勢恢復得很好，如果你不說，根本看不出來。學長說話的方式，讓我無法對他說這種話。

「但是身處其中，就會發現有不少人整天愁眉苦臉。有人為自己受的傷感到擔心，也有人因為無法回應別人的期待感到壓力沉重，也有人對抗著不想被文理學程的人超越這種無謂的自尊心。雖然我不太喜歡用『照理說』這種字眼，但照理說，從事運動不是應該樂在其中嗎？所以我整天都在教室內思考如何享受運動的樂趣。因為上體育課時，我有一半在旁邊看，即使實際下場做運動，也只是做做樣子，所以必須交報告。」

「我也一樣。」

「這樣啊，我們有太多可以聊的事了。我寫報告的題目經常是『享受〇〇樂趣的方法』，〇〇就是那堂課從事的運動。因為在一年級時，我沒有找到滿意的答案，所以沒有參加轉班考試。我有言在先，並不是因為我腦筋不靈光，進不了文理學程，打橄欖球需要動腦筋。」

眼前的學長只是比我早出生一年而已，但曾經在運動場上相當活躍，我根本望塵莫及。

「學長，你為什麼有辦法放下？」

「那我就對你實話實說，證明我是推心置腹和你談這個問題。這件事我也沒告訴過蒼和白井。」

我有資格聽嗎？我吞著口水。

「我昏倒的時候，曾經去了那個世界。我聽到有一隻狗在我腳下吠叫，低頭一看，原來是半年前就死了的東加。啊，那是我家養的狗的名字。我以為天使來迎接我了，沒想到東加突然咬我。即使我把牠甩開，牠仍然汪汪大叫著向我撲來。我拔腿就跑。對，那是我最後一次全速奔跑，當我醒來時，就發現自己躺在醫院。」

黑田學長突然說這種超自然的事，我更不知道該怎麼回答了。

「總之，我們活著。既然這樣，與其為失去的嘆息，不如思考快樂生活的方法。」

「是……啊。」

我也一樣。在我發生車禍後，媽媽和周圍的人都很慶幸我撿回一命。

「雖然聽起來像是在你這個學弟面前倚老賣老，其實我是在提醒自己。我之所以沒有把東加的事告訴蒼和白井，是因為我知道他們一定會吐嘈我說，那是因為我還沒有領悟。我去年的時候，比你更加自暴自棄，而且也是在之前為參加J賽開始準備作品時，才開始想要日後從事透過攝影，傳達運動樂趣的工作。在使用空拍機之後，才覺得太開心了。我已經很久沒有這種感覺了……喂，你在哭嗎？」

黑田學長粗大而溫暖的手放在我肩膀上的瞬間，淚水就順著我的臉頰滑了下來，我很驚訝自己竟然有這麼多眼淚。

「啊，啊，唉。」

黑田學長說完，從口袋裡拿出一塊富有光澤、表面光滑的布為我擦眼淚。那是用來擦空拍機鏡頭的拭鏡布，可以輕鬆擦掉手垢，但很不吸水，所以黑田學長用力為我擦眼淚。

我忍不住笑了起來。

「怎麼了？想起什麼好笑的事嗎？」

「不是……我在想，如果久米在這裡……」

學長為我擦眼淚是什麼狀況？我在腦海中俯瞰著自己的身影，突然想到應該就是久米常說的「太萌了」。背景是不是飄著玫瑰花瓣？但我當然不敢對黑田學長說「太萌了」這種話。

「她一定會說是很寶貴的畫面，然後拍下這一幕。」

我笑著掩飾尷尬，黑田學長突然露出嚴肅的表情說：

「對喔，還有久米。你來向我道歉之前，有沒有去找他們兩個人？」

「他們？」

「就是宮本和久米啊。」

「沒有……」

「你之前撂下大話，認為那些沒有認真投入運動經驗的人不了解田徑社成員，正確地說，是不了解你這個人，但後來發現我曾經也是運動選手，所以來向我道歉。我告訴你，你錯了。」

我哪有什麼錯？雖然這句話已經到了喉嚨，但我並沒有說出口。我知道。但是他們兩個人當時並沒有為我說話。

「你要以廣播社的町田圭祐的身分思考，因為我不希望再有人離開廣播社了。認為只有實際經驗的人才能夠了解是一種怠慢。無論是任何內容，通常傳達的對象都是沒有相關經驗的人，所以必須以此為前提思考傳達的方法，無法傳達給對方，只是因為自己不夠成熟。」

「是。」

我點了點頭，黑田學長露齒一笑。

「我太倚老賣老了，但是，要好好珍惜社團內的同學。你離開之後，久米……」

宣告午休結束的鈴聲響了。五分鐘後，鈴聲會再次響起，開始上第五節課。

「這代表老天叫我不要說。我要比你多爬一層樓梯，那我就先走了。」

黑田學長站起來，用力伸了一個懶腰，走出廣播室。

久米在我離開之後？我走出廣播室之後，這裡發生了什麼事。又是這樣。我完全沒有想到我離開後，會發生什麼事……

LAND很方便。我在第五節課的上課鈴聲即將響起時，傳了訊息給其他兩個人，約他們在放學後見面。即使他們已讀不回，或是拒絕我，我都可以有五十分鐘的時間做好心理準備。

下課時，我收到了正也傳來的訊息，問我：「要約哪裡？」我提議在車站附近的公園見面。我在第五節課時，一直都在思考這件事。

對我們來說，逃生梯已經不再是一個愉快的地方。既不能去廣播室，圖書室也已經變成自由到校的三年級學長姊的自習室，但又不想去速食店，於是我想到了公園。雖然很冷，但也可以避免被別人看到。

久米也傳了一個動畫角色的貼圖表示「知道了」，但我們並沒有一起走出教室。放學後，我急急忙忙收拾好東西走出了教室。因為是我約他們，所以我打算去便利商店買熱食請他們吃。

走出校門，走向國道方向的路口，因為那裡有一家便利商店。車站在相反方向，所以我好久沒有來過這個路口了。

這個路口改變了我的命運。斑馬線對面掛了一塊請民眾提供目擊情報的看板。我沒有看一眼，想趕快過馬路，卻遇到了紅燈。

「町田？」

身後傳來叫聲。我轉過頭，納悶地看著對方思考。他是誰？我記得他是田徑社的……

「森本學長，這次的事真的非常抱歉。」

二年級的田徑社社長森本學長雖然是短距離的選手，但我還是低頭鞠躬。

「不用向我道歉，我叫你並不是為了讓你道歉。我之前就想找機會和你聊一聊。」

森本學長露出親切的笑容看著我，看來是一個很會營造氣氛的人。雖然我稍微放鬆了內心的緊張，但搞不懂他為什麼想和我聊一聊。

「和我嗎？」

森本學長笑著點了點頭。

「我原本打算中學畢業後就放棄田徑，因為在地區賽時，有時候勉強才能擠進第三名，即使幸運進入縣賽，在爭奪八強時就輸了，所以當時覺得上了高中後，就不再參加社團，但是顧問老師叫我不要放棄，說我的身體已經發育完成，接下來的成績會慢慢進步。啊，要過馬路嗎？」

綠燈亮起，我和森本學長一起過了馬路。

「中學的顧問老師是快要退休的老頭，這麼說太沒有禮貌了，反正是個老伯，他告訴我，青海田徑社的顧問原島老師也是他的學生，還說原島老師以前也和我一樣。原島老師進入青海的文理學程後，成績持續進步，在大學時參加了新年驛站接力賽，加入企業隊後還代表日本參加了亞洲比賽，實現了夢想。」

我們走過了斑馬線，因為都不知道對方要去哪裡，所以同時停下了腳步。雖然我對他說的事很感興趣，但我等一下約了人，所以希望他趕快說完。

「啊，不好意思，經常有人數落我，說我的開場白說太長了。顧問老師在和我說這些話時，運動場上開始進行三千公尺的比賽，老師說了一個背號後說，那個男生也一樣。我大吃一驚，因為那名選手跑在中間偏後的位置。我事後去查了名字，知道那個選手名叫町田圭祐。」

如果我沒有發生車禍，戰戰兢兢地去參觀田徑社的訓練，思考著不是體育資優生的自己，是否可以加入田徑社時，聽到這番話，一定會樂得手舞足蹈，整個世界變成彩色，覺得新生活綻放出閃亮的光芒。

「但是我……」

「嗯，我知道，對不起，我不應該在這裡和你聊這些。」

森本學長看向旁邊的看板。車禍目擊情報……我的那塊看板早就撤走了，原來一個星期前，又有行人和腳踏車發生了擦撞。

「真的需要監視器。」

「啊？」

「我家就住在這附近，每次發生車禍，町內會就討論說要向市政府申請裝監視器，但住在這附近的住家都反對，說是會侵犯隱私，還說一旦裝了監視器，就會變成監視社會。但在公共道路上，哪有什麼隱私或是監視的問題？」

我打量周圍的房子，有一棟房子的圍牆上貼了本地政治人物的海報。雖然我不知道是不是那戶人家反對，但當政治人物不是會有更多隱私曝光嗎？

「對不起，這不是重點，我想說的是，即使你身為廣播社的成員也沒關係，希望你以後也可以關心田徑社。」

「但是，廣播社……」

「原島老師只告訴我們，那件事解決了，但白井請我安排時間，讓她代表廣播社向大家道歉，於是我請她在練習結束後來田徑社。白井鞠躬向大家道歉說，當初是她提議要介紹田徑社，在針對採訪方式進行說明時有所偏頗，導致其他成員產生了誤會……你好像不知道這件事？」

我瞪大眼睛點了點頭。

「那這是因為我之前很激動地向白井說明山岸和你的事造成的，所以我也向大家道歉，之後，白井又特地向山岸和松本道歉，該怎麼說……這件事已經解決了。沒錯，已經解決了！」

「謝謝……」

「雖然目前變成這樣，但大家都說廣播社很厲害。雖然我們之前經常用手機相互拍攝，確認彼此的動作，但是看了廣播社拍的影片，都覺得我們就需要這種影片。聽說縣民森林廣場的影片是你拍的，短距離項目，尤其是跳躍的選手很想馬上拜託你們為他們攝影。總之，廣播社現在超熱門。」

森本學長又連續說了兩次「超熱門」，用力拍著我的背，然後轉身走向通往住宅區的小路。

我抬頭看著天空，把學長說的一字一句都深深烙進腦海，以便回家後可以仔細回味。我閉上眼睛，當再度睜開看向遠方時，發現正也和久米站在斑馬線對面。他們看起來不像剛到，而是站在那裡有一段時間了（也許是我想多了）。他們看到我和森本學長在這裡說話，所以錯過了兩次綠燈。

雖然隔了一段距離，但我和正也對上了眼，於是輕輕舉起了手。綠燈後，他們走了過來和我會合，但我不知道該說什麼。

「你怎麼會走這裡？」

正也問我。我也想問他這個問題。

「因為我想去便利商店買熱食。」

「原來我們心有靈犀。」

正也笑著和久米互看了一眼。

「我剛才還在和宮本討論，不知道你喜歡吃什麼包子。」

久米對我露出有點不自在的笑容。

「你們分別猜我喜歡吃什麼？」

我為還是能夠和他們像往常一樣聊天鬆了一口氣。

「我說你可能喜歡豆沙包，但又不想萬一猜錯了要自己吃。」

「我猜你可能愛吃肉包子。我打算自己買咖哩包，如果你喜歡吃咖哩包子，也可以和你交換。」

「久米贏了，謝謝你們猜我喜歡的口味，我原本打算買三個肉包子。」

「這是最保險的選擇。」

我們說著這些，走進了便利商店。正也說：「你今天不能請客。」我順從了他的意見（避免我用請客的方式代替向他們賠罪），然後分別買了自己喜歡的包子和飲料。便利商店推出了限期供應的特製叉燒包，我們三個人都買了叉燒包。

「剛才和你在一起的是……」

走去公園的路上，正也吞吞吐吐地問。我轉述了森本學長告訴我，白井社長代表廣播社去向田徑社道歉的事，但沒有提田徑的事。正也和久米似乎也不知道這件事，兩個人都沉默片刻，似乎在整理內心的情緒。

當公園出現在前方時，正也開了口。

「我能夠理解為什麼向良太道歉，但有必要向松本學長道歉嗎？如果他完全不知情，就是他女朋友為了他，做出了失控的行為，他的心境應該最複雜，可能處境也會很尷尬，但我想他應該稍微猜到了吧。啊，對不起，我並不是想試探。」

正也豎著沒有拿東西那隻手的手掌向久米道歉。

「好像真的是翠理學姊自作主張做了這件事，但松本哥哥聽到原島老師說收到了那張照片時，曾經懷疑是翠理學姊，只不過沒有勇氣當面向學姊確認。他說這件事是他的錯，原島老師發現他膝蓋受傷和廣播社無關，但他胡亂遷怒，而且還說了那種容易引起別人誤會的話。而且，白井社長還向松本哥哥鞠躬，他叫夏樹，白井社長向他鞠躬道歉後，還為翠理學姊求情，希望他罵翠理學姊時不要太凶。」

「有道理……」

正也點頭表示同意。久米和我不一樣，在侃侃談論松本哥哥時完全沒有任何不自在。從久米口中意外得知了松本哥哥的證詞，覺得自己太不中用了，真不知道自己究竟在幹什麼。

我根本不是當事人。

我只是在被害人和加害人之間而已，卻表現出一副好像自己是最大受害者的態度，不想面對大家。我沒有安慰遭到陷害的良太，明明發現好像扣錯了鈕子，產生了鴻溝，卻沒有像白井社長一樣設法改正，或是設法彌補。

而且還為沒有人來安慰自己鬧情緒。

來到公園，有屋頂的涼亭內剛好沒人。我在沿著矮牆設置的L形長椅其中一側坐下，正也在另一側靠近我的座位坐了下來，久米坐在他身旁。

是不是該趁熱先吃叉燒包？不，應該先完成這件事。

我把便利商店的袋子放在一旁，雙膝並攏，把雙手放在腿上。

「正也、久米，對不起。」

我低下頭。

「為什麼？」

聽到正也的聲音，我抬起頭。他說話的語氣，並不是要我具體說出道歉的原因，而且露出有點為難的表情看著我，指尖抓著鼻頭。他真的不知道我為什麼道歉。

久米也驚慌失措地看了看我，又看向正也。我明確說出道歉的理由，會不會反而傷害了他們？不，我只是一廂情願地在逃避。

「因為我說的那些話，貶低了對你們而言，很重要的地方。」

「我並不這麼認為。」

正也說完，咬了一大口叉燒包。「太好吃了。」他叫了起來。

「但你那時候不是向我道歉，不該邀我參加廣播社嗎？」

「……當時我的確這麼想。我覺得自己在無意識中，避免和你聊田徑的事。縣民森林廣場那一次，我知道你很想跑，但我很擔心一旦和你聊這些事，你可能真的會去田徑社。」

「怎麼會……」

「但我每次遇到類似狀況時，其實都應該和你談一談，同時做好如果你最後決定去田徑社，支持你的心理準備。」

「我……或許臉上或是行動上表現很想跑的心情，但我認為廣播社才是我的歸宿。」

所以當正也向我道歉時，我有一種被拋棄的感覺，內心很難過。

「我知道。你離開後，我聽了久米說的話，才發現自己錯了。」

又一個人提到久米在我離開後說了什麼。我看向久米。她已經吃完了叉燒包。

「町田，對不起。」

久米也向我道歉。

「其實我當時應該馬上反駁，清楚說明翠理學姊拿出那篇報導的標題，並不是當事人的意思。我明明知道這件事，卻沒有說出來。」

「什麼意思？」

久米拿出手機，找出了那篇報導。

『交給哥哥！帶著罹患難治之症的妹妹的夢想進軍全國比賽！』

「這篇報導不是針對驛站接力賽的採訪，而是夏樹在青海讀一年級時，參加春季的新人大賽，在五千公尺比賽中獲得第一名時的報導。採訪的記者知道他們兄妹都是運動高手，所以問他，聽說他妹妹最近身體不太好，當時回答這個問題的並不是夏樹，而是其他田徑隊的人告訴記者說，他妹妹得了難治之症，同時委婉地要求記者在報導中不要提這件事，沒想到最後記者竟然大剌剌地寫在報導中。話說回來，很多同學都不看報紙，丟臉也只丟一天，所以就沒有多理會，也沒有透過學校去向報社抗議，然而整件事並不是一天就結束了。」

和我當時的狀況不一樣。久米可能感到口渴，對我說了聲「不好意思」，喝了一口熱奶茶。

「那時候，春香的症狀並沒有很嚴重，大部分時間沒有症狀，只是偶爾會突然肚子痛而已。春香打算在兼顧身體狀況的情況下，繼續參加田徑社，而且還積極訓練，希望也可以像夏樹一樣以體育資優生的身分，靠推甄進入青海。但是，五本松中田徑社的其他男生都獲得了推甄，春香卻沒有獲得推甄，春香認為都是那篇報導害的，讓別人以為她無法繼續跑步。大家根本不想了解她的疾病，只是自私地覺得很好玩。春香的情緒越來越不穩定，上次我們去KTV時，我沒有想到夏樹那天剛好也出去玩，所以春香覺得我和夏樹都充分享受學生生活……她可能很羨慕，所以就做出了自殘行為。」

「原來發生了這種事……這種事當然不可能輕易在大家面前說出來，這需要很大的勇氣，謝謝妳。」

如果我那天沒有離開廣播室，久米就不需要第二次說這件事。久米用力抿著嘴，搖了搖頭說：

「春香的心願，是再次靠田徑比賽站上領獎台，為此戒了巧克力，夏樹也知道這件事。因為春香的身體不好，夏樹非要參加今年的比賽不可的這種說法很奇怪。因為他們兄妹都在努力戰勝自己。」

「這些也在我離開之後？」

「對啊，久米向大家說明了這些事。」

正也回答。他不僅吃完了叉燒包，連歐蕾咖啡也喝完了。久米聳聳肩掩飾了內心的害羞，拿起了保特瓶的奶茶。

「還戒了巧克力……」

「但春香目前的精神狀況慢慢穩定了。之前和二年級的學長姊一起回家時，聽到他們說，女子田徑社沒有長距離組，而且很少接受女生的體育資優生推甄入學後，我很震驚。因為我終於了解春香沒有獲得推甄和她生病或是那篇報導無關，但其實只要對一班幾乎沒有女生這件事產生質疑，就可以更早發現這件事。雖然夏樹之前也曾經對春香說，學校方面並不是很重視女子田徑社，但春香覺得他說的話都是安慰的藉口。」

「然後呢？」

「我去查了過去十年，以體育資優生的身分推甄入學、不同項目的學生人數、男女比例，和女子田徑社的活動紀錄，然後帶去給春香看。雖然她沒有馬上就釋懷，但我認為她慢慢接受了。」

「太好了。」

「久米，妳太厲害了。相較之下，我對圭祐說了很離譜的話。」

「很離譜的話？」

「不要學我說話！開玩笑啦。翠理學姊對報紙報導的內容深信不疑，而且還作為她自我辯解的證據，除了曾經被記者用相同的方式報導的你和了解狀況的久米以外，我和二年級的學長姊也必須產生懷疑。你起初並不是以曾經從事田徑運動的選手身分責備翠理學姊，但在持續針對該如何看待新聞報導這件事提出疑問的過程中，已經不光是以運動選手的身分，而是從報導者的角度提出了問題，我們，至少我自己是這樣，卻仍然認為你是站在運動選手的立場在表達這些主張。圭祐，當時你是最名副其實的廣播社成員。」

「不，這……」

正也一本正經地這麼說，我有點無力招架。正也太抬舉我了。我的行為太幼稚了。不，我們才……這裡太冷了，無法再這樣繼續聊下去。

我把已經冷掉的半個叉燒包塞進嘴裡，用已經可以加上一個「冰」字的檸檬紅茶吞了下去。

「雖然我不知道最後會不會拍，但我想到一個紀實電視的題目。如果你們等一下有空，要不要找一個暖和的地方聽我說？」

正也和久米都用力點頭。我吸了吸鼻涕，他們也像產生了連鎖反應般吸著鼻子，三個人的鼻子都凍得通紅，忍不住相視而笑。

※※※

『町田圭祐的點子筆記』

（紀實電視項目）

題目　由被報導者為實況報導審稿

探討：哪一部分是隱私？

在各個領域表現出色的人必須或多或少犧牲個人隱私，這件事天經地義嗎？

大家都想知道你（妳）的事，民眾有知的權利。這種說法沒問題嗎？

報導者想要傳達的事，和被報導者希望傳達的事未必一致。

和閱聽大眾想要知道的事也不一致。
首先必須明確這種落差，然後思考縮小落差的方法。
以媒體人的身分？
報導並不是記者或是主播這些報導者發表作文的地方。
必須帶有信念，不過度表現自己。
但是，如果讓被報導者自己撰稿，內容是否會變得過度謙虛？
方法　申請採訪各社團中表現出色的人
運動社團三人、文化社團三人。由社團內部推薦？
採訪被報導者本人。
向同社團的其他五名成員（學年不拘）採訪，了解被報導者的情況。
在稱讚的同時，是否意外曝露了被報導者的隱私？
也容易誤以為被報導者不好意思自吹自擂，所以代替被報導者說出來。
容易譁眾取寵。
拍攝活動風景。
寫好實況報導的稿子，為活動風景的影片配上旁白。
請被報導者本人審稿。

被報導者想要刪除部分用嗶音處理。

被報導者希望改變措詞的地方增加字幕，同時改變文字顏色？

增加的項目由其他人說旁白？

觀察研究 請被報導者本人、接受採訪的五個人，以及其他五個熟悉被報導者的人、五個不熟悉被報導者的人，分別看配上旁白的影片，針對影片是否傳達出被採訪者的優點進行評分。

其他 這個方法是否能夠運用在畢業紀念ＤＶＤ上？

※※※

我是今天的值日生，於是在午休時間來到廣播室，發現翠理學姊站在外面那個房間的櫃子前。我聽說她因為校內抽菸這件事，受到在家閉門思過兩週的處分。處分已經結束了嗎？

我覺得有點尷尬，但發現翠理學姊腳邊有一個紙袋，裡面放著發聲練習的教材和馬克杯……那是翠理學姊的私人物品。

「妳在幹什麼？」

「我還沒有告訴你們一年級這件事。我要退社，離開廣播社。」

翠理學姊用一如往常的聲音淡淡地對我說。

「為什麼？妳不是已經受到處分了嗎？」

「因為我認為這樣還不夠。」

「怎麼會？不是已經足夠了嗎？」

「雖然二年級的其他人都挽留我，但他們了解我的想法後，也都接受了。」

事到如今，我無論再說什麼，也無濟於事了。

「雖然我知道在這種狀況下，和你的田徑相提並論很失敬，但我猜想你可能最了解我，所以我還是說出來。我希望可以成為主播，而且希望成為自己的終生職業。但是之前的我只想到眼前的事，如果我無法了解傳播到底是什麼，我必須成為怎樣的人，才能夠做好傳播工作這些問題的答案，即使持續走這條路，在成為主播之前就會栽跟斗。即使在報考後落榜，也無法發現自己的不足之處，責怪考試官，或是認為自己是缺乏人脈，才無法考上，用扭曲的態度看待，在自尊心受到徹底傷害之前逃避。為了能夠在人生中長久挑戰這個目標，我打算暫時保持距離，重新研擬包括自我改造在內的計畫。」

雖然這次的事只公開了最小限度的事實，只不過在翠理學姊遭到閉門思過的處分後，應該出現了一些缺乏同理心的傳聞，但翠理學姊臉上的表情很坦然。

「是嗎？」

「嗯，我還沒有向你道歉。町田，對不起。」

「我也……對不起。」

「你和山岸聯絡了嗎？」

「村岡老師，就是三崎中學田徑社的顧問老師自己花錢買了空拍機，但他不太會用，所以我會和良太一起去找老師。」

「是嗎？太好了。雖然松本向我提出分手，但說我可以去全國高中綜合體育大會為他加油，他是不是太跩了？」

「這……很像是松本哥哥的風格。」

這不也是為了能夠長久走下去，暫時保持距離嗎？雖然我這麼想，但即使再過一百萬年，我也沒資格談論別人的戀愛。

「好好努力，希望可以進入J賽的全國比賽。」

「好。」

「我認為你更適合播報項目。」

既然翠理學姊這麼說……

「我會努力。」

「對了，這個借給你。只是借給你喔，等J賽結束之後要還我。」

翠理學姊說完後，從紙袋中拿出馬克杯後，把紙袋遞給我。我相信我感受到的，並不只是播報相關教材的重量。

「還有這個，由你和久米兩個人負責保管。」

翠理學姊從夾克口袋裡拿出一把鑰匙。我很自然地看向那個收藏了寶物的抽屜。我緩緩點了點頭，接過鑰匙，緊緊握在手心。

這或許是現在的我，身為廣播社成員的我接過的接力帶。

終章

高中二年級的夏天，我們甚至無法挑戰比賽。

因為J賽，JBK盃全國高中廣播電視競賽停辦了。

為什麼會這樣？不光是全國的廣播社成員含淚，田徑社、棒球社、排球社、足球社、吹奏樂社、合唱社……無論是運動社團還是文化社團，幾乎所有社團活動的比賽都取消了。

不僅如此，初春到初夏期間甚至無法到校上課，從手機得知J賽停辦這種好像胸口被大砲轟出一個大洞般的事，甚至無法和同學、學長姊一起承受這個消息的打擊。

如果因為受傷、違反校規，或是因為實力不足這些自身的原因，導致無法成為正式成員參加比賽，或許可能需要一點時間，但最終還是能夠慢慢接受。

但是，為什麼會發生這種事？在面對即使動用百分之百的想像力，也無法想到的事時，我不知道該如何接受。即使如此，仍然可以安慰自己。

還有明年。即使當今的世界，已經變成無法想像一年之後的情況，但「希望」的選項並沒有消失。

為什麼要停辦J賽？

短劇和紀實類別，只要能夠交出作品，即使發生沒有人能夠去比賽會場這種最糟糕狀況，主辦單位也可以審查作品，也就是說，比賽完全可以進行，而且播報項目和朗讀項目比賽進行時，只有參賽者獨自站在舞台中央。

廣播電視比賽根本不需要在會場聚集，完全可以用線上的方式舉辦。雖然在製作作品的過程中會受到限制，但一定有在這種狀況下才能激發的創意。

即使我有能力思考這些事，也沒有能力舉辦任何比賽。但是，有人發現了廣播社成員的遺憾。

發起人是聲優小田祐輔。曾經參加過J賽，並獲得優勝的小田颱登高一呼，召集了曾經是廣播社成員，目前活躍於各行各業的前輩，在線上舉辦了代替J賽的廣播電視比賽。

雖然還有其他類似的企畫，但青海學院廣播社決定參加母校校友舉辦的比賽。

目前無法像以前那樣，大家聚在一起製作作品，也很難直接採訪同校的學生，或是請他們參加短劇的演出。

我之前向正也、久米提案的紀實電視作品，也因為無法到校上課而難以完成，不得不放棄，更何況製作的天數也很有限。

於是我們決定分成小組或是個人，分別參加每個項目的比賽。我們主要透過LAND聯絡、討論這些事，收到久米傳來『幸好開始使用LAND』的訊息時，我發自內心覺得目前的狀況，並不是讓所有的事都向不好的方向發展。我沒資格說大話，因為我和久米一起開始使用LAND，當然也有同感。

首先，廣播社分成了新二年級生和新三年級生兩大組別，新二年級生的三個人討論後，我和正也分成一組，久米一個人一組。並不是我們排斥久米，而是久米明確表達了意見，她說如果非要二選一，她想挑戰朗讀項目。

正也當然想挑戰廣播短劇，我將協助正也。正也用電子郵件附加檔案的方式傳來了廣播短劇的腳本，我列印之後簡單裝訂，然後開始埋頭練習。我竟然要一人分飾五角。

一名天才高中生根據自己的資料，製作了機器複製人，讓機器人去做上學、跑腿等所有自己不喜歡的事，但機器人做了很多他完全不可能會做的事。這名高中生開始思考其中的原因，想到了自己曾經遇到的人，和對自己產生影響的人，了解到自己因為遇到了哪些人、哪些事，自己才能夠成為現在的自己，改變了之前認為自己是天之驕子的傲慢態度。整齣廣播短劇就是這樣的故事。

雖然是能夠以假亂真，周圍人也沒有察覺異狀的高階機器複製人，但因為是廣播短劇，所以在表演時必須用聲音區分主角和機器人。我每次都打電話和正也確認，錄下自己的聲音後剪接、配上背景音樂和效果音，完成了九分鐘的作品。

久米從指定的五本作品中，選擇了芥川龍之介的《杜子春》，從中摘錄了自己朗讀的部分，聽說她多次拍攝影片後，挑選出自己最滿意的一段影片寄了出去。

她還說，因為對著鏡頭朗讀也很緊張，為了做好充分準備迎接明年的J賽，避免自己在正式比賽時緊張，她希望增加在別人面前朗讀的機會，最終目標是「在木崎面前朗讀」。

我和正也在LAND上討論，覺得久米越來越強大了。

新三年級的白井社長、蒼學長和黑田學長住得很近，所以聽說他們製作了電視紀實節目參加比賽。

在分別寄出各自的作品後，學校終於重新開學，社團活動時舉行了作品發表會。雖然或多或少有一些值得改進的地方，但都能夠發自內心相互肯定彼此的作品「比想像中更出色」。

雖然相互稱讚，但大家都沒有提一句話。

如果J賽順利舉辦……

不知道每個人內心對這件事的感想。

我有一半在逞強。雖然有人會把「運氣不好」這句話當作是安慰，但一旦承認，很可能會感受到巨大的挫敗。另一半是我認為自己藉由參加廣播社，更強烈地認為人生必須積極向前看。

所以我認為不需要向曾經向我伸出援手，共同克服困難的夥伴和學長姊確認。即使內心很希望可以繼續一起參加社團活動，即使帶著這種心情迎接最後一天。

七月的最後一天，我穿上印了雪白的「SBC」標誌的藍色Polo衫走去廣播室。

沉重的門敞開著，用門檔固定。一走進廣播室，發現正也在後方房間內，正坐在桌角面對著簽名板。他發現我走進來後，抬起了頭。

「哇，圭祐，你也趕快來寫。久米準備了超讚的禮物。」

我走過去拿起一張簽名板。簽名板中央寫著「致白井社長」，上面畫了白井社長手拿場記板的肖像畫。

這是要送給今天退社的學長姊的禮物。蒼學長的簽名板上畫了電腦，黑田學長拿著空拍機。

「久米的畫也畫得超好。」

「對啊，她真是多才多藝，而且她的畫占了很大的空間，真是太好了。」

正也苦笑著說，我在他旁邊坐下後，也拿起了筆。正也用綠色寫字，所以我選了藍色。

「我們三個人必須寫滿這張簽名板。」

對學長姊的感謝無法用一句話表達，但真的要寫在簽名板上，就不能像寫信那樣長篇大論，而且學長姊的家人也可能會看到。

「沒想到竟然完全沒有新生加入。」

「但是聽說第二學期開學典禮上會重新舉辦新生訓練，所以我仍然抱有期待，而且還打算用空拍機拍一些很帥的影片來介紹我們社團。」

並不是只有廣播社沒有招募到新生，聽說除了以體育資優生身分推甄入學的人類科學學程的學生以外，其他學生都沒有加入任何社團。文理學程的學生可以參加運動社團嗎？是否可以在上高中後，培養新的興趣？我猜想新生一定會有這種猶豫，所以要拍出讓這些新生心動的影片。

「廣播社可以將今天的一部分影片用在新生訓練的介紹中，搞不好新生會把廣播室擠得水洩不通。」

「不，我們在校生要好好努力。」

「但是可以向他索取簽名吧？可以拿來作為廣播社的傳家之寶。」

聽到興奮的說話聲，轉頭一看，久米站在門口，手上拿著車站前鮮花店的紙袋。

「不好意思，不管是簽名板還是其他東西都讓妳準備。謝謝妳。」

「不客氣，反正都是我喜歡做的事。」

久米已經用橘色的筆寫下了給學長姊的話，在我和正也寫完之後，她又把簽名板裝回買來時所附的透明袋子中，用藍色緞帶綁了起來。除了簽名板和花束，還有我們三個人討論後，決定用麥克風形狀的隨身碟作為送給學長姊的紀念品，上面還分別刻上了學長姊的名字。

雖然隨身碟作為儲存資料的工具已經有點落伍了，但我們三個人都認為，這是最能夠表達我們希望學長姊持續製作廣播、電視作品的最佳紀念品。

雖然準備這些禮物花了一點錢，但和學長姊最後送給我們的禮物相比，簡直無法相提並論。

「喂，你怎麼已經開始吃了？」

門口傳來白井社長的聲音，挨罵的是黑田學長，他正在吃冰棒。

「因為快溶化了啊。」

「所以我剛才不是說，大家都買杯裝冰淇淋嗎？」

他們也為我們買了冰淇淋，蒼學長把塑膠袋放在桌上說：

「裡面有汽水冰棒，看你們誰要先吃。」

黑田學長說，正也上前一步說：「我要吃。」拿出了冰棒，打開袋子咬了一口。其他人看他們兩個人吃冰棒也很奇怪，於是就決定大家一起吃。

「好沒氣氛喔。」

白井社長說。我們二年級生也有同感。原本計畫我們三個人站在裡面那個房間的門口，鼓掌迎接學長姊，但擔任今天司儀的我不知道該從哪一個橋段開始重來。

學長姊似乎也察覺到了。

「要不要從我們進門的時候重新開始？」

白井社長和黑田學長順從地聽從了蒼學長的建議，我們在原本預定的位置排排站好，鼓掌歡迎三年級的學長姊走進廣播室。雖然我們也邀請了翠理學姊，但她拒絕了。

學長姊沒有坐下，久米靜靜地帶他們三個人站在白板前，白井社長站在中間。我輕輕清了一下嗓子說：

「廣播社三年級生歡送會現在開始，今天和普通的歡送會順序不太一樣，先由二年級生致贈紀念品。」

「仍然沒有一年級生加入嗎？」

黑田學長喃喃問道，白井社長輕輕戳著他的肩膀。久米把簽名板遞給正也，把隨身碟的盒子交給我，自己拿著花束，我們依次交給每一位學長姊。所有人都可以面對面說話。

謝謝。辛苦了。道謝的話此起彼落。

「請入座。」

隨著我的一聲令下，所有人都在桌旁的固定座位坐了下來。

「我可以打開這個盒子嗎？」白井社長問。

「可以。」正也回答。

「好可愛。」社長說。「原來還有這種東西。」黑田學長說。「上面還刻了名字。」蒼學長說。他們似乎很喜歡，而且也很欣賞簽名板上的肖像畫。我、正也和久米三個人互看著，點頭說著：「太好了。」我看時間差不多了，就站了起來。

「接下來由新社長宮本正也致詞。」

猛然回過神，發現我們這一屆已經成為社團內最年長的一屆。雖然對學校生活、日常生活等所有的一切充滿徬徨，也不知道該如何面對，但很順利決定了新社長的人選。我擔任副社長，久米兼任文書和會計，完全就是人數不足的社團才會出現的人事安排。

我坐了下來，正也站起來說：

「白井社長、蒼學長、黑田學長，辛苦了。實不相瞞，我剛進社團時，覺得比我們大一屆的學長姊很可怕，但是當白井社長對三年級的學姊說，應該讓宮本去J賽會場時，我非常感動，也知道你們聚集在廣播室，並不是把廣播社視為放學後的樂趣，而是身為廣播社成員，認真投入社團活動，也很高興可以和這樣的學長姊一起參加社團活動，覺得自己當初選青海學院真是明智的決定。啊，我並不是在說冷笑話。」

大家都笑了起來。

「我一直相信今年夏天，大家可以一起去東京，但是完全沒有想到竟然會發生這種事。去年夏天，我在JBK禮堂的廁所放聲大哭，還發誓明年一定要一雪前恥。三年級的學姊在禮堂前拍了紀念照，但我沒有拍，因為我完全沒有想到，竟然會沒有明年。我很受打擊，甚至不想碰電腦，不知道自己在幹嘛。就在那個時候，接到了白井社長的聯絡，說有代替JBK的比賽，邀我一起參加。但我仍然覺得那不是J賽，而且如果在這個比賽中獲得好成績，不是會對J賽沒有舉辦更感到懊惱嗎？白井社長像往常一樣，傳了比賽官網的連結，關心我的進度。我終於發現，在逆境中也能夠積極向前的人，才是真正厲害的人。雖然不知道明年會不會舉辦，但是，學長姊把青海學院廣播社交到我們手上，我們也會繼續傳承下去。啊，我們會努力招募新成員。」

學長姊為正也鼓掌，我和久米也跟著鼓掌。

「嘿，宮本新社長！」

黑田學長起鬨叫著，正也用指尖抓著鼻尖。

「謝謝你把我們的聲音帶去全國。」

聽了蒼學長的話，我再次想起廣播短劇〈圈外〉是所有成員共同完成的作品。如果學長姊繼續說下去，我可能會感到鼻酸，於是我站了起來。正也坐了下來。

「感謝宮本新社長，最後，嗯？不，是第一部分的最後，想請白井社長為我們說幾句話。」

看到白井社長站起來後，我靜靜地坐下。

「首先，我很高興大家又能夠聚在一起，這樣面對面說話。雖然發生了可怕的事，但廣播社在那之前就遇到了困難和難題，也因此失去了一名夥伴，但是，正因為我們當時暢所欲言，即使在無法見面的那段時間，我們仍然團結一心，克服了這些困難。」

良太和田徑社的成員，以及翠理學姊的臉浮現在我的腦海中。

「說句心裡話，我很想去東京，很想站在ＪＢＫ禮堂的舞台上領獎。雖然之前我曾經為這件事數落過上一屆的學姊，但其實我也想和大家一起去漂亮的咖啡廳。只不過換一個角度思考，正因為目前大環境如此，才能夠獲得肯定。」

白井社長看向白板。

白板上寫著——

「恭喜獲得ＡＢＣ盃全國高中廣播電視競賽紀實電視項目最優秀節目獎！」

ＡＢＣ並不是電視台的名字，而是All Broadcast Club的縮寫，學長姊參加紀實電視項目的作品獲得了最高榮譽的最優秀節目獎。

節目的名稱是「這些說明看不懂」。

食譜書《第一次下廚就上手。平底鍋就能搞定家庭派對》在大部分人無法自由外出，面對長時間居家生活期間，創下了驚人的銷量。白井社長從這本食譜中，挑選了一道看起來很簡單的「香脆堅果蜂蜜布朗尼」，在家中實際挑戰。食譜中只有布朗尼在平底鍋中完成的照片，製作步驟只有文字說明。

輕拌至均勻，在平底鍋內加入適量油，煎至有適度焦痕，倒入事先混合的蜂蜜醬……白井社長用字典查了「輕拌」、「適量」、「適度」的同時（以字幕說明），按照食譜製作，但完成品和書上的照片相去甚遠。

於是就請食譜作者在一旁指導，再次挑戰。作者竟然就是白井社長的媽媽，而且白井社長在介紹她是「料理研究家」後，誠實說明了是自己的媽媽。

——請各位挑戰這本食譜失敗的讀者放心，因為我女兒也失敗了。

在挑戰過程中，白井社長的媽媽不時說這種自虐的話，母女兩人一搭一唱，好像在說相聲。白井社長發現了一件事。母親那個年代的家政課和自己上的家政課完全不一樣，以前的家政課以烹飪和裁縫為主，現在都是以家庭生活為中心的講座，難得會有一次烹飪實習課。也就是說，兩個世代的人烹飪基礎不同，白井媽媽認為是可以省略的基礎和常識，但白井社長完全不了解。

——妳應該知道怎麼切成碎末吧？

——不知道，所以才會把堅果切得根本看不出是堅果。

她們母女也出現了這樣的對話，於是思考出折衷方案。如果因為預算關係，必須控制照片數量，可以在最後附上料理術語一覽表，或是用插圖的方式，也可以提供影片的連結。最後，白井社長完成了和照片中相同的料理。在節目的最後總結。

——雖然剛才對這本食譜提出了不少改善方案，但其實遇到不懂的地方，可以請教自己身邊廚藝高強的人，我認為這是最好的解決方法。我明年將因為升學離家，到時候會充分利用即使彼此相距遙遠，也可以在線上輕鬆交談這件事，遇到不了解的內容就及時發問，提升自己的廚藝。

最後還有一段漏網鏡頭的彩蛋。白井媽媽指著最初的失敗品，笑著問，我會收到這種照片嗎？白井社長嘟噥說，我不是說了，在失敗之前就該發問嗎？

這是蒼學長在去年討論主題的會議上所提出的方案，字幕和配音剪接也都由蒼學長負責，黑田學長負責攝影工作。黑田學長不僅很會拍運動，也很懂得如何把料理拍得讓人垂涎三尺。

這個題目結合了目前整個世界的狀況，很有高中生的特色，是眾望所歸的第一名。

我和正也的廣播短劇，還有久米的朗讀都進入了準決賽（至少進入了整體的前十分之一），卻無法進入決賽。

「在廣播社的經驗和這次得獎將成為我的自信，也將成為幾年之後的美好回憶，但我知道這並不是終點，我會好好珍惜，同時希望以後也可以從事廣播電視工作，乾脆去ＪＢＫ工作好了。雖然在很多場合，別人都覺得我很煩，但這裡有很多願意接納我的人，我在這裡感到很自在。謝謝大家，也很期待你們之後有更出色的表現。」

白井社長深深鞠了一躬，蒼學長和黑田學長也起身鞠了一躬。我有點後悔，早知道應該拍下來，但又隨即覺得這一幕應該會永遠烙在腦海中。

「好，那該做準備了。」

白井社長環顧所有人說道。

「好，那就先告一段落。」

我起身宣布第一部分結束。

我們三個二年級學生把久米使出渾身解數完成的「歡迎小田鼬學長」橫幅貼在上方的牆壁上。

第二部分是ＡＢＣ盃全國廣電競賽的副獎獎品，竟然是特別嘉賓小田祐輔學長來為我們上一個小時的工作坊。各個項目的副獎，是得獎者可以從發起人團隊中挑選一位老師到獲得優勝的學校舉辦工作坊，青海學院邀請了校友小田鼬學長。

清理完桌子後，我用抗菌濕紙巾擦遍每一個角落，確認桌子乾了之後，把久米用Ｂ５

影印紙裝訂好的小冊子放在每個人的座位上。那是小田鼬以前在廣播社時代，參加J賽時使用的赫曼．赫塞《車輪下》的文庫本影本，上面有小田鼬滿滿的筆記。

我們可以針對工作坊的內容提出要求，原本可以藉此機會學習如何製作節目，但學長姊決定要聽朗讀講座。這是他們送給我們這些學弟妹的禮物。

正也把《車輪下》的文庫本放在影印小冊子旁。我們打算在向小田鼬請教影本上的符號所代表意義的同時，製作新的朗讀教材。

其實還多買了一本文庫本，我們三個人討論後決定，要把講座筆記和文庫本送給翠理學姊。為了謹慎起見，我們也請教了白井社長的意見，社長說，她原本也打算這麼做，所以向我們道謝。

我覺得事先就知道要交給別人，筆記應該會寫得比較清楚。

久米開始深呼吸。原本應該所有人都去校門口迎接，但為了避免其他學生聚集造成轟動，所以小田鼬從後門進入學校後，先在校長室等候，等約定的時間一到，由秋山老師帶他來廣播室。

今天由秋山老師負責拍攝工作。我問老師是否需要一本文庫本，老師主動提出擔任攝影工作。我已經教她如何使用無反單眼相機。

老師試拍我、正也和久米笨手笨腳跳舞的影片很出色。

「真懷念啊……」

門外傳來震撼腦袋深處的悅耳聲音。

所有人都雙眼發亮地互看著，飛快地跑向門口。

KADOKAWA 文學放映所131

明日的我將迎風前行

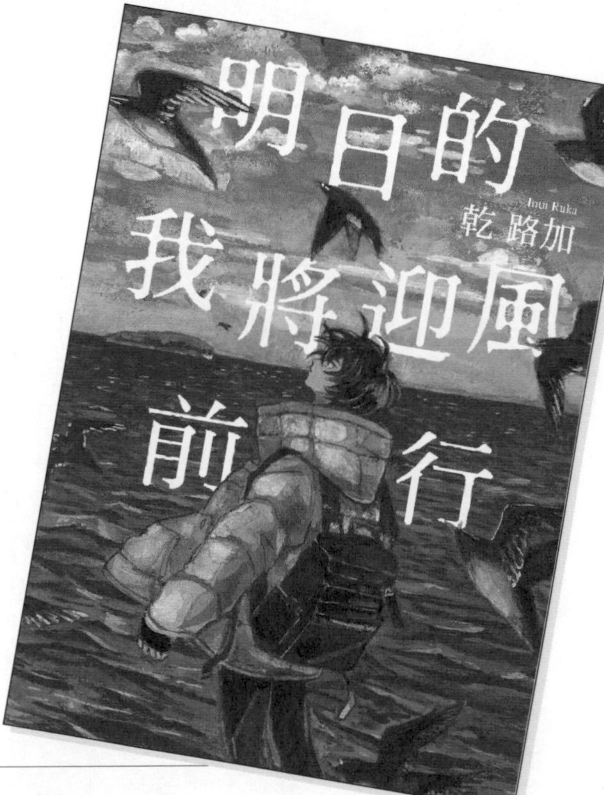

發售中　**定價：340元**

乾 路加◎著
林冠汾◎譯

僅僅一次的失敗，讓少年失去了夢想和立足之地。而在海鳥恣意翱翔的北海道離島，少年重拾對人生的希望。然而，離別與困難卻無預警地襲來……

為同樣懷抱苦惱的你，送上邁步向前的勇氣。

KADOKAWA 文學放映所123

最後的證人

發售中　**定價：300 元**

柚月裕子◎著
林冠汾◎譯

一對男女在飯店的密室中，發生感情糾葛進而釀成刺殺案件，這樁凶手呼之欲出的情殺案，背後卻隱藏了比男女愛恨更深層的欲望……如果對檢察官來說，正義就是不顧一切地揭穿真相，那麼對律師而言，正義究竟是什麼？

國家圖書館出版品預行編目資料

廣播社 . 2, 紀實篇 / 湊佳苗著 ; 王蘊潔譯 . -- 初版 . -- 臺北市 : 臺灣角川 , 2022.05
面 ;　公分 . -- (文學放映所 ; 128)

譯自 : ドキュメント
ISBN 978-626-321-470-5(平裝)

861.57　　111003937

廣播社 2 紀實篇
原著名＊ドキュメント

作　　者＊湊佳苗
譯　　者＊王蘊潔

2022 年 5 月 25 日　初版第 1 刷發行

發 行 人＊岩崎剛人
總　　監＊呂慧君
總 編 輯＊蔡佩芬
特約編輯＊林毓珊
美術設計＊林慧玟
印　　務＊李明修（主任）、張加恩（主任）、張凱棋

台灣角川

發 行 所＊台灣角川股份有限公司
地　　址＊104 台北市中山區松江路 223 號 3 樓
電　　話＊（02）2510-3000
傳　　真＊（02）2515-0033
網　　址＊www.kadokawa.com.tw
劃撥帳戶＊台灣角川股份有限公司
劃撥帳號＊19487412
法律顧問＊有澤法律事務所
製　　版＊尚騰印刷事業有限公司
I S B N＊978-626-321-470-5